3分で読める！
人を殺してしまった話

『このミステリーがすごい！』編集部 編

宝島社
文庫

宝島社

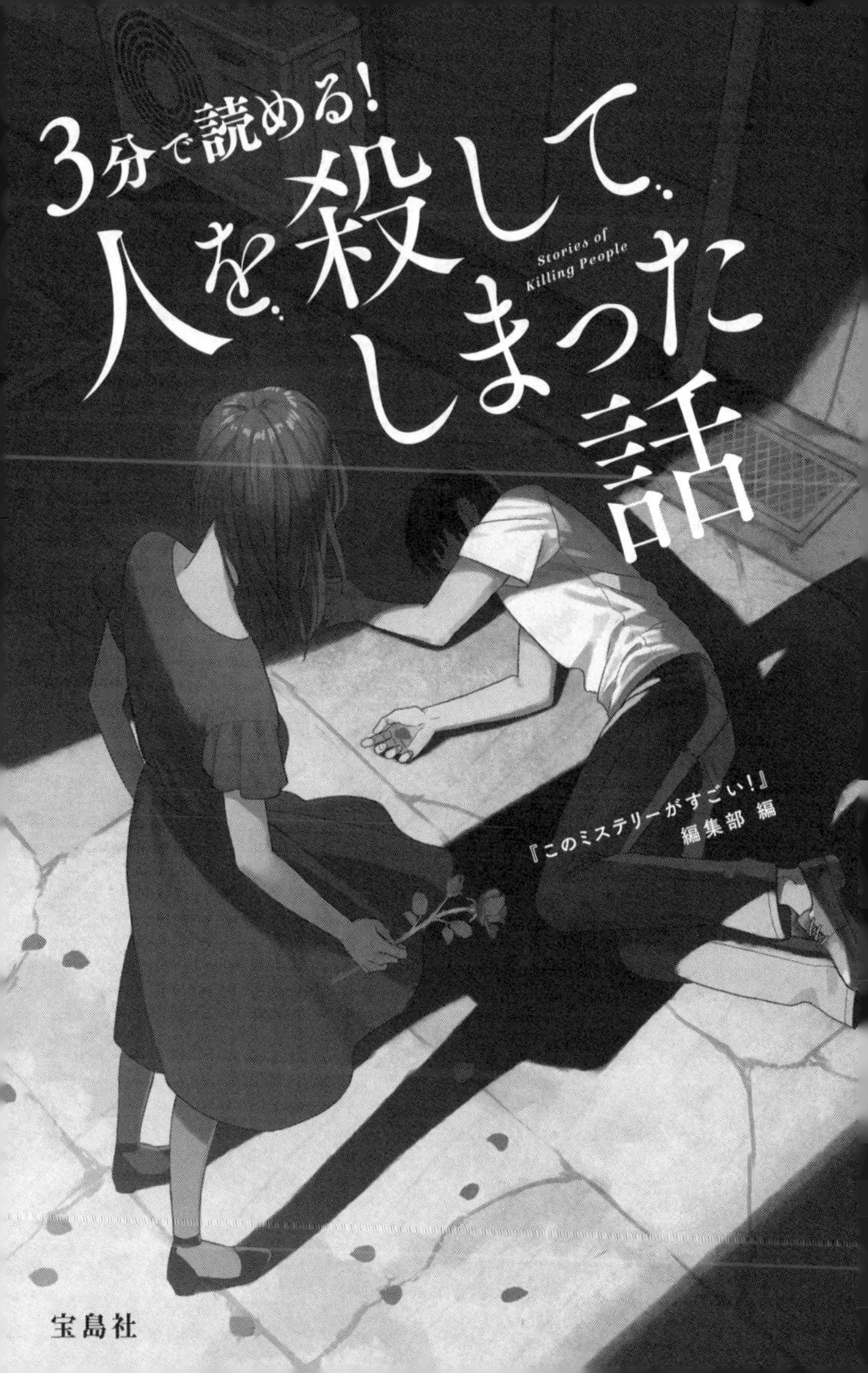
3分で読める!
人を殺してしまった話
Stories of Killing People
『このミステリーがすごい!』
編集部 編
宝島社

3分で読める！

人を殺してしまった話

［目次］

殺人容疑で起訴されたロボットの運命はいかに
被告人R３６５　中山七里　11

酔っ払いがバーで零す告白とは
贖罪のカクテル　佐藤青南　21

世間を騒がせる連続殺人鬼の正体
林檎を潰す　小西マサテル　31

共謀して殺害したはずが……
穴　堀内公太郎　41

締切間近の作家のお助けツール
生成AIは人気作家の夢を見るか？　三日市零　51

僕の味方は世界中で君だけ
天空の深海　高野結史　61

この侵入者、危険
侵入者　桐山徹也　71

難事件を名探偵が鮮やかに解決！
名探偵現る　貴戸湊太　81

音楽家は演奏をやり切れるのか
G線上の殺人　宮ケ瀬水　91

無人島にはあなたと私、二人だけのはずなのに
砂浜の螺旋　おぎぬまX　101

おれの価値観、スリッパ女の価値観
熊とG　柏木伸介　111

愛しさと憎しみは紙一重
友達なんかじゃないよ　秋尾秋　121

卒業旅行の帰り道に起こったのは不幸か、それとも……
良識なき通報　浅瀬明　131

繰り返される男の記憶
ループ　歌田年　141

今夜こそ特ダネゲットか!?
夜回りファントム　上田春雨　151

写真の力は色褪せない
無名の写真家　柊サナカ　161

ショートミステリーの間違いではありません
ショーツミステリー　くろきすがや　171

ずーっとずっと大好きだよ
身も心も　塔山郁　181

AI、僕はどうしたらいいと思う？
博士の発明品　新藤元気　191

頭の中で響き渡るのは――
卑怯者　伽古屋圭市　201

可愛い動物たちよ、特製ディナーを召し上がれ
憑依　美原さつき　211

地獄で繰り広げられる男四人の賭け事
麻雀　志駕晃　221

真実しか書けない作家の末路
自白と創作の狭間　海堂尊　231

おっさんを返り討ちにしたはずが……
ある少女の置き手紙　岡崎琢磨　241

ラジオで語る殺人回想
お悩み相談ラジオ　降田天　251

執筆者プロフィール一覧　263

被告人Ｒ３６５

中山七里

人を殺してしまった。

わたしヒューマロイド社製R365型は法廷に立った今も、その事実を受け容《い》れられずにいた。わたしの真横に座る同社顧問の美奈川《みながわ》弁護士は、その表情の固さと心拍数からレベル3の緊張状態にあることが分かる。

「では検察官、起訴状を読み上げてください」

裁判長の求めにより検察官が立ち上がって朗読を始める。

「本年二月四日、被害者の滑井《ぬめい》卓司《たくじ》氏は自宅ベッドで死体となって発見されました。氏は以前より徐脈性不整脈の治療のため体内にペースメーカーを埋め込んでいましたが、剖検の結果、このペースメーカーが誤作動を起こしたために突然死したものと推測されます。自宅で稼働していたヒューマロイド社製R365型の作動記録をチェックしたところ、前日三日に異常値の高周波を発信した事実が判明、捜査本部はこの高周波が氏のペースメーカーを誤作動させ彼を死に至らしめたものと結論づけました」

二〇三〇年代に入り家庭用介護ロボットや支援ロボットが普及したと同時に、動作不良による事故も増えてきた。だが死者が出たケースは今回が初めてであり、わたしのようなロボットが刑事事件の被告人として起訴されたのもまた初めてだった。

「家庭用に限らず、全てのロボットにはその回路に『ロボット工学三原則』をプログラムするよう製品安全4法によって義務付けられています。即《すなわ》ち、

第一条　ロボットは人間に危害を加えてはならない。また、その危険を看過することによって、人間に危害を及ぼしてはならない。

第二条　ロボットは人間にあたえられた命令に服従しなければならない。ただし、あたえられた命令が、第一条に反する場合は、この限りでない。

第三条　ロボットは、前掲第一条および第二条に反するおそれのないかぎり、自己をまもらなければならない。

以上三項目ですが、被告人であるR365の行動は第一条に違反しており、滑井氏の体内にペースメーカーが埋め込まれている事実を知りながら、誤作動を誘発する高周波を発生させたものです。検察は被告人R365に対して人で言うところの死刑、つまり解体処分を求刑するものであります」

美奈川弁護士の心拍数が更に上昇する。わたしを含めたR365型はヒューマロイド社の主力製品であり、論理回路に欠陥があるとなれば社の信用が大きく損なわれる。顧問を務める美奈川弁護士はわたしの回路に異常がなく、その行動がロボット工学三原則を遵守していることを法廷で証明しなければならないのだ。

「検察官、証拠説明をしてください」

請われて検察官は先に提出された甲号証の説明を始める。内容の多くはわたしの回路設計やアルゴリズムに関するものであり、38ｋＨｚまでの高周波を発生させるスペックを有すると裏付けるものだった。

「検察は君を殺人マシーンに仕立てるつもりらしい」

美奈川弁護士はわたしに向かってこう囁《ささや》いた。殺人マシーンというのは論理的ではない。わたしには第4世代のＡＩが搭載されており、論理回路は人間のそれに限りなく近づいている。従ってわたしをマシーンとして扱うことは、自らの思考パターンを非人間的であると肯定するようなものだ。検察官の証拠説明は尚も続く。

「近年発売されているペースメーカーは携帯電話、自動車の点火システム、レーダー、電子レンジ、空港の金属探知機などに干渉される危険性はほぼありません。医療機器メーカーが不測の事態を想定して幾多の防御機能を付けているからです。メーカーの耐久実験によれば、滑井氏の体内に埋め込まれたペースメーカーを誤作動させるには25・５ｋＨｚ以上の高周波が必要であり、自宅を捜索してもそれほどの高周波を発生させる機器類はR365以外に見当たりませんでした」

検察官の証拠説明は概《おおむ》ね正確だった。ただしわたしが高周波を発信できる理由は殺人目的ではない。それは美奈川弁護士が反論というかたちで説明してくれた。

「確かにR365型は38ｋＨｚまでの高周波を発生させるスペックを有していますが、その目的は乾燥と害獣撃退です。R365型には半導体式の発信回路による誘導加熱装置が内蔵されていますが、これは水滴が筐体内《きょうたいない》に浸食して配線をショートさせるのを防止するための装置です。害獣撃退を含め、同装置は予《あらかじ》めプログラムされた目的以外には決して作動しないシステムであり、先ほどの検察官の証拠説明は意図的に被告人の尊厳を徒《いたずら》に貶《おとし》めるものであります」

現状のスペックに基づいた適切な反論であり、着席した美奈川弁護士にわたしは正当な評価を告げた。すると彼はこう返してきた。

「評価は必要ない。君はヒューマロイド社の技術陣が総力を挙げて開発した最新鋭のロボットであるばかりじゃなく、我々人間に一番近い存在でもある。その尊厳を護《まも》るのはむしろ当然だと思っている」

その時、わたしの思考回路に或《あ》る変化が生じた。AIの精度向上につれて我々は人の感情なるものへの理解度が深化したが、我々自身に感情が生成された訳ではない。第4世代AIを搭載したロボットの中には、さも感情があるかのように振る舞う機種も存在するが、あくまでも人の感情表現を模倣しているだけだ。だが、わたしの回路に突如として発生した思考形態は予めプログラムされたものと一線を画していた。

「R365。わたしはむざむざと君を解体処分になどしたくないんだ」

「ありがとう」という単語が、反射的に言語回路を通って音声出力された。

公判二日目は証人尋問が行われた。検察側の証人はライバル企業の技術主任だった。

「我々もR365型に競合し得《え》、一部のスペックでは完全に凌駕《りょうが》する製品を開発していますが、その過程でR365型の基本設計に無視できない欠陥があるのを確認しました」

法廷内にざわめきが生じる。傍聴席に陣取るヒューマロイド社の関係者たちも一様に表情筋を硬直させている。

「証人、続けてください」

「R365型は或る条件下、たとえば四十度を超えた室温の中で二十三時間以上稼働し続けるとバッテリーの冷却機能が低下し、一時的にCPU（中央集積回路）が動作不全を起こす可能性が高いのです。これはCPUを保護する筐体に熱伝導率の悪い素材を使用しているのが原因なのですが、初期ロットの致命的な欠陥と考えております。もっとも二次出荷分からは筐体の素材を変更して問題が解決していますが」

「証人に伺います。今仰《おっしゃ》った、ヒューマロイド社製R365型初期ロットはこの法廷内に存在していますか。存在しているのなら指を差してください」

技術主任はこちらに近づき、わたしの後頭部に打刻されているシリアルナンバーを確認してから言った。

「間違いありません。被告人席に立つ、このR365型は初期ロットの製品です」

「異議あり」

すかさず美奈川弁護士が声を上げた。

「事件の発生した三日から四日にかけて死体発見現場の室温が常に二十六度を保って

いたのは被告人R365の記録からでも明らかです。従って彼に内蔵されていたCPUが動作不全を起こしていた可能性はゼロに等しいと考えられます」

「異議あり。もし三日より以前にCPUが動作不全を起こしていた場合、室温記録自体が信用できないデータとなります。弁護人の主張には意味がありません」

続いて弁護側の証言に立ったのは、被害者滑井卓司氏の長男だった。

「長男の滑井正樹《まさき》です。母を亡くしてから父はずっとあの家で独居生活でしたが、介護用に購入したロボットがとても優秀なので生活に全く支障はないと言ってました。実際R365は何一つ誤作動がなく、プリセット通りに稼働してくれると太鼓判を押していました。ただ、父親には介護ロボットでは払拭《ふっしょく》できない不安もありました」

「証人、それはどんな不安だったのでしょうか」

「遺産についてですね。自宅マンションは賃貸ですし、老後の蓄えは介護ロボットの購入でほとんどが消えてしまいましたから。しかし、そもそもロボットの購入を父に勧めたのはわたしなんです。別に父親の遺産がなくても何とか食っていけるし、心臓病を患った人間に必要なのは将来の心配ではなくて、現在の介護なのですからね」

そして最終弁論の日がやってきた。美奈川弁護士は立ち上がり、咳払《せきばら》いを一つした。

「裁判長、先に弁四号証として提出した滑井氏の生命保険証書はご覧になりましたか。被害者とされる滑井氏は昨年の十月に死亡保険金の受取人を長男正樹さんに指定した保険契約を締結しています。氏が遺体として発見されるわずか四カ月前の契約は甚だ不自然と言わざるを得ません」

ロボットによる殺人が人による殺人へ容疑が移行した瞬間だった。廷内がざわめく。

「この場合、真っ先に疑われるのは受取人である正樹さんですが、彼は高額であるR365を勧めた当人であり、遺産を狙う者としては不合理な行動です。ヒューマロイド社営業担当者も正樹さんがやや強引に商談を進めたことを証言しています。一方、被害者の滑井氏には不自然な行動が見受けられます。その一つが先々月末にペットを購入していることです。被害者は最寄りのペットショップでネズミ、正確にはチーズマンジャービルという品種のネズミを購入しています」

「弁護人、弁論の主旨をもっと分かりやすく述べてください」

「このネズミは事件発生当時、籠《かご》の中から出ていたところを捜査員に保護されていました。マンションのドアは内側から施錠されており、ネズミを解放したのは被害者以外に考えられません。人間にはペットであってもR365には害獣としての認識しかありません。そんなR365の周辺にネズミがうろちょろしたら何が起きるか。そうです、R365の害獣撃退機能が作動し、自動的に高周波を発信させてしまうのです。因《ちな》みに初期設定で害獣撃退機能を追加したのは被害者本人で、加えてR365はペースメーカーの耐久性能までは知らされていませんでした。つまり被告人R365の高周波発信はロボット工学三原則のいずれも侵《おか》していないことになります。もう弁論の主旨はご理解いただけたでしょう。仔《こ》ネズミを放ち、被告人R365にわざと高周波を発信させ、自身の胸に埋め込まれたペースメーカーを誤作動させたのは被害者本人でした。契約して間もなくの自殺では死亡保険金が下りません。これは長男の正樹さんに死亡保険金を受け渡すべく、R365の暴走に見せかけた自殺だったのです」


「主文　被告人を無罪とする」

　裁判長の判決言い渡しは簡潔で主文を支える説明も明快だった。史上初のロボット裁判はこうして幕を下ろし、美奈川弁護士の表情筋も緩んでいた。

「検事のあの様子じゃ、おそらく控訴は断念するだろうな」

　その時、美奈川弁護士のスマートフォンが着信を告げた。電話を受けた彼の顔はみるみるうちに消沈していく。見れば彼の目にはうっすらと涙が浮かんでいた。

「R365、本社から連絡が入った」

「どんな内容ですか」

「あのライバル社の技術主任の証言からR365型初期ロット分の措置が緊急決定した。製品安全4法による、危害の発生や拡大を防止するために必要な処置、つまり回収《リコール》だ。残念だが君は解体処分にされる」

贖罪のカクテル　佐藤青南

人を殺してしまった。

そういう台詞《せりふ》が聞こえてきて、私はグラスを拭く手を止めた。カウンターの男性客は、やや据わった目でビールグラスを見つめている。なんだ、独り言か。それにしては物騒な台詞だったが。

私がふたたび手を動かそうとしたとき、男が顔を上げてこちらを見た。

「マスター、聞いてくれよ。おれは、人を殺してしまったかもしれないんだ」

私はグラスとクロスを置き、男のほうに身体《からだ》を向けて、話に耳をかたむける意思表示をした。店じまいが遅れてしまいそうだが、どのみち帰りを待ってくれる相手もいない。先日、長年連れ添った妻の四十九日の法要を済ませたばかりだった。私は少しだけ、酔客の相手をすることにした。

「そういう告白なら、警察にしたほうがいいと思います」

男が本当に殺人を犯したとは思っていない。案の定、男は手をひらひらとさせた。

「違う。おれが手を下したわけじゃない。人が死ぬ原因を作ったのは、もしかしたらおれかもしれないってことさ」

「私が聞いてもいい話なのでしょうか」

男は店内を見回し、軽く肩を揺すった。「いいんじゃないか。ほかに客もいないし、マスターはおれの素性を知らない。もちろん、おれもマスターのことを知らない」

男は一見客《いちげん》だった。すでに何軒かハシゴしてきたようで、スツールに腰かけるまでもふらふらと足もとが覚束《おぼつか》ない様子だった。

「わかりました。うかがいます」

男は大きく頷《うなず》いてから、話し始めた。

「少し前に中村和幸《なかむらかずゆき》という男が、交通事故で死んだというニュースを知ってるか」

「いいえ。ニュースはあまり見ないもので」

「見ていても知らないと思う。本当に小さな記事だったから。知り合いでもなければ、たいして気にも留めないような扱いさ」

「その方と、お知り合いだったのですか」

男は虚空を見詰めた。探るような口ぶりになる。

「知り合い……というのも、少し違う気がするな」

「交通事故というのは、どういう……？」

「原付と大型トラックの接触事故だ。中村の運転する原付が、交差点を右折しようとする大型トラックに突っ込んだ」

話を聞く限りでは、目の前の男が中村の死に責任を感じる必要など、まったくないように思える。大型トラックのハンドルを握っていたのが彼だった、という可能性も浮かんだが、即座に否定した。手足が細く、肌も生っ白《ちろ》いこの男が、大型トラックを転がしているようにはとても見えない。万が一そうだったとしても、とっくに引退している年齢だろう。男はたぶん、私と同じくらいの年代だ。店に入ってスツールに腰かけるなり、薬を飲むために水を要求してきた。カウンターに置かれたシートを見ただけで、それが高血圧の治療薬だとわかったのは、私自身が高血圧の治療中だからだ。この薬とグレープフルーツの飲み合わせは禁忌だ。お任せでカクテル注文されたとしても、グレープフルーツを使用しないよう気をつけなければと思った。

「その事故とお客さんは、どういう関係が？」

私の質問に、男はかぶりを振った。

「関係ない。ただ、その前に中村とひと悶着《もんちゃく》あってね」

私は軽く顎を引き、先を促した。男はグラスをかたむけて唇を潤す。

「あの男は、うちの近所のアパートで一人暮らしをしていた。もっとも、近所付き合いなんかほとんどしていなかったようだから、あんなことがあるまでは、おれもあの男のことは知らなかった」

「あんなこと、とは？」

「連続放火事件だ」

私は目を見開いた。

「知ってるかい？」男は私の反応に満足そうだった。

「うちの店にも、警察が注意喚起に来ました。市内で放火とみられるボヤ騒ぎが相次いでいるから、気をつけるようにと」

「中村はあの事件の犯人だ」

「本当ですか」

「間違いない。逮捕前に死んじまったから結局、起訴はされなかったみたいだが、おれの家の前のゴミ集積場で、ゴミ袋に火を点《つ》けているところを見た。証拠もある。動画を撮影したんだ」

　男はスマートフォンを取り出し、なにやら操作して液晶画面をこちらに向けた。

　画面に映っているのは、夜の住宅街だった。ゴミ収集場には膨らんだゴミ袋が積み重なっており、その手前で、若い男がポケットからなにかを取り出している。男の右手の先に赤い光がともり、相対的に周囲が暗くなった。赤い光は火の玉のように移動する。やがてゴミ袋に着火したらしく、光が大きく広がった。

『なにしてる！』という怒声は、目の前の男のものだろう。怒鳴られた若い男は驚いた様子で両肩を跳ね上げ、その場から走り去った。

「これがその、中村という人なんですか」

「ああ。ＳＮＳにこの動画を上げて、情報提供を呼びかけた」

　男が液晶画面をタップする。動画は、男のＳＮＳアカウントの投稿に添付されたものだったようだ。『たったいま、うちの近所で放火した男です！　どうしてもこの男を捕まえたいので、情報提供をお願いします！』と呼びかける内容だった。投稿の反響はすさまじく、数十万人によって拡散されていた。動画を目にしただけの人数ならば、数百万に達するだろう。

「この投稿のおかげで情報が集まり、すぐに中村の身元が特定できた。おれは警察に情報提供した。事故が起きたのは、その翌日のことだった。中村は警察から逃走中だったらしい」

だから中村の死の責任は、自分にある。人を殺してしまった、ということらしい。しかし男の口調から後悔は微塵《みじん》も感じられない。ようするに懺悔《ざんげ》を装った自慢話だった。私は男の望む反応を返すことにした。

シェイカーを振り、カクテルグラスに中身を注ぐ。

グラスを差し出すと、男は不思議そうに瞬《まばた》きをした。

「これは私から。その中村という男が死んだのは、あなたのせいではありません」

「ありがとう」

男がグラスに口をつける。美味《うま》い美味いといっきに飲み干した。

「一つおうかがいしたいのですが、どうしてSNSに動画をアップしたのですか」

「どうして……？　そりゃ、悪いやつは罰しないといけないだろう」

なぜそんな疑問を抱くのかわからないという感じに、男は首をひねった。

「私は妻を病気で亡くしました。ちょうど、あなたが放火の様子をSNSにアップしたのと同じ日です」

男は虚を衝《つ》かれたようだった。

私がもっとも衝撃を受けたのは、放火の様子を撮影した動画そのものの内容でも、反響の大きさでもない。その動画が投稿された日時だった。

「そう、なのかい。偶然だな」

「偶然だと思われますか」

私の問いかけに、男が頻に戸惑いを浮かべる。

「あの日、妻の具合が急に悪くなって、私は救急車を呼ぼうとしました。だけど、なかなか電話がつながらなかったんです。その理由がいま、わかりました」

男の目が、驚愕《きょうがく》に見開かれる。

「あの動画を見た人からの通報が殺到したせいで、消防の回線がすべて塞がっていたんですね。消防と救急は回線が共有ですから。そのため本当に救いが必要な人の電話がつながらなかった。医者からはもう少し早く手を打てれば、なんとかなったかもしれないと言われました。あなたは中村の死には責任がなくとも、私の妻の死には大きな責任がある。そう思いませんか」

SNSに動画を投稿し、情報提供を呼びかける必要があったのだろうか。撮影した動画を、証拠として警察に提供すればよかっただけだ。それなのにこの男は、SNSで犯人探しを行った。純粋な正義感からの行動でなかったのは、得意げな口調からも明らかだ。この男は、警察ごっこでちんけな自己顕示欲を満たそうとした。

その結果、私の妻は死んだ。

助かったはずの命が失われた。

誰を責めることもできないと諦めていた悲劇の背景に、そんなくだらない裏事情があったとは。

せわしなく視線を泳がせていた男は、この場から逃げ出すことに決めたようだ。財布から一万円札を取り出し、カウンターに置いた。

だが「釣りは要らない」とスツールから立ち上がろうとしたところで、身体から芯を抜き取られたかのようにその場に崩れ落ちる。グレープフルーツジュースと降圧薬を混ぜたカクテルが効いたらしい。血圧が下がりすぎたり頭痛やめまいなどの症状が起こる可能性があるので、薬と一緒にグレープフルーツジュースを飲んではいけませんと、医師から注意されていた。

「悪いやつは罰しないといけないと、ご自身でおっしゃいましたよね」

私はカウンターから抜け出し、店の出入り口の扉を開いた。
扉にかけられた『OPEN』のプレートを裏返し、『CLOSED』にした。

林檎を潰す　小西マサテル

『「人を殺してしまった」――そんな方はすぐにご連絡を』。

実際には〝殺し〟の部分は〝564〟という隠語で記されていたのだが、何度となくこのサイトを利用している私には、もはや〝殺し〟としか読めなかった。

慣れとは恐ろしいものだ――もはやいかなる感情も湧いてこない。

スマートフォンの画面を見て顔をしかめたのは、最近やたらと進んできた老眼のせいに過ぎなかった。

私は慣れた手つきで闇サイトにDMを送り、遺体の処理を依頼する。

〈いつもお世話になっています。また風呂場です〉

当然のことだが巷《ちまた》では三年ほど前から、若く美しい男性を次々と絞殺するシリアル・キラーの噂《うわさ》でもちきりとなっていた。

人呼んで「林檎の粉砕者《アップルクラッシャー》」――。

悪くないネーミングだ、と自嘲めいた薄い笑みがこぼれるのを自覚する。

他人ごとのようだが、何やらファンタジックな趣きがあるではないか。

そしていつものように自分に言い聞かせる。

こうした犯罪に手を染めるようになったのは、けして本意ではない。

あくまで病《やまい》のせいなのだと――。

連続殺人犯というものは皆、同じ殺害手段を選ぶものだ。

私がいうのもなんだが、「アップル・クラッシャー」とて例外ではない。

断続的に発見された被害者たち五人は、喉仏――英語圏でいうところの〝アダムの林檎《りんご》〟――を両の親指で完全に潰されていたのだが、これには八十キロ以上の握力を必要とするという。そう、くしくも林檎を握り潰すほどの。

不謹慎なネット住民が「アップル・クラッシャー」と名付けた所以《ゆえん》である。

《快楽殺人か》と見出しを打った週刊誌によると、彼らの頸《けい》部には革の手袋痕《てぶくろこん》が残っていたが、その他に犯人を特定し得る証拠は何ひとつ残されていなかったとのことだ。

約一年前――「アップル・クラッシャー」による犯行は嘘《うそ》のようにぴたりと止《や》んだ。

だが、事実は違う。水面下ではさらに三人の男性たちの林檎が潰されていたのだが、遺体がまだ発見されておらず、事件が表面化していないだけのことだったのだ。

病は治らない。むしろ進行する一方だ。喉元を過ぎても熱さは忘れない。

とはいえ勝手な話だが、絶対に捕まるわけにもいかない。

だからこそ私は一年前から、遺体と現場の処理をプロに任せることにしたのだった。

毎度のことだが感心する。なんて良心的なのだろう。

依頼のDMを送ってから三十分と経《た》たないうちに、闇業者から返信がきた。
いわく、明日早朝に伺います。いわく、鍵はいつものところに。
いわく、明日は朝から必ず複数の人物との予定を入れてください、云々《うんぬん》——。
もはや定型文となっているプロならではの指示だ。
最近では、こうした裏稼業にも価格破壊の波が押し寄せているらしい。
損得を考えると、一件につき十万ポッキリで済むなら安いものではないか。
自分でも完全に感覚が麻痺《まひ》してきていることは分かっていた。
だがそれもこれも、病のせいだ。妻が家からいなくなったのも、病のせいなのだ。
そして——幸か不幸か——今の独り暮らしという境遇は、隠蔽《いんぺい》工作とも相性がいい。
私は自分のアパートの風呂場に転がっている若者の亡骸《なきがら》に、もう一度目をやった。
真っ白な裸体は白磁の陶器のようだ。首には圧迫痕——紫の紋様が刻まれている。
私は外に出て鍵を掛け、ガスメーターの底に鍵をガムテープで貼り付けた。
そして星が降るような夜空のもと自転車に跨《また》がりつつ、明日の予定を思案した。

翌朝——私は近所のゴルフ場へと赴いた。
クラブ会員であるおかげで、飛び入りでも必ず誰かが付き合ってくれるはずだ。
幸い平日なのにもかかわらず、そこかしこに友人たちの顔があった。

精が出ますね、と同年配の友人のひとりが歯を見せる。

「起きたら天気が良かったのでね。突然ですが、ご一緒いただいてもいいですか」

「もちろんです。今日は負けませんよ」

金満家の友人の金歯が、初夏の陽光に煌《きら》めいた。


「ナイスショット！」

どこか悔しさを滲《にじ》ませた金歯の声が響く。

渾身《こんしん》のパワーショット──我ながら会心の当たりだ。

アリバイ作りも三度目となると、なんの気負いもなく自然に振舞うことができる。

金歯は人一倍の負けず嫌いなのだが、そのぶん今日の惨敗は印象に残るはずだ。

〝万一〟ことが露見した場合でも「あの人に遺体を処理できたはずはありませんよ」

ときっちり証言してくれることだろう。

何かがひどく欲しいときの言い回しってなんだっただろう──そうだ、思い出した。

金歯は喉から手が出るほど勝ちが欲しい。

そして私は──喉から手が出るほどにアリバイが欲しいのだ。

こともあろうに翌日、早くも〝万一〟の事態が訪れた──。

なんと他の犯罪者の事件がきっかけで、闇業者が一斉検挙されてしまったのだ。PCには私の件をはじめ、すべての〝処理〟の概要が残されていたという。なんでも他人が開いた途端に自動BANとなるトラップが仕掛けられていたそうだが、今どきのサイバー犯罪捜査課にとってはなんの意味もなさなかったらしい。

任意同行を求められた私は、取調室の椅子にゆっくりと腰を下ろした。

ひどく腰が痛む――昨日ゴルフ場で張り切り過ぎたせいだろうか。

取調室に端正な顔立ちのオールバックの男が現れ、警察手帳をちらりと見せた。

「我妻」という苗字《みょうじ》が目に入る。〝あづま〟と読むのか〝あがつま〟と読むのか。

だが、〝我の妻〟という字面《じづら》が妙に脳裏に突き刺さる。

無性に妻に会いたくなっていた。

向かい側のパイプ椅子に腰を下ろした男は、私の目を正面からじっと見た。

「端的に伺います。行方《ゆくえ》不明となっている三人の若者を殺害したのはあなたですか」

「そんなわけないでしょう」私は一笑に付した。

メモリの情報は限定的なはずだ。きっとこの刑事はブラフを張っているのだろう。

脇の下の汗を自覚しつつ、黙秘権を行使します、と返そうとしたとき――思わぬ言葉で機先を制された。

「そうですよね。そんなわけがない」

我妻の目線の厳しさがふわりと緩んだ気がした。

「八十五歳のあなたが若い男を絞殺できるわけがない。喉仏を押し潰せるわけがない。あなたは〝アップル・クラッシャー〟じゃありません」

そう、この男のいうとおりなのだ。私は林檎を握り潰すどころか、嚙《か》めさえしない。

実は私には唯一の特技がありましてね、と我妻は続けた。

「人の嘘が分かるんです。そして――あなたの目も嘘をついていないといっている。さらには、河川敷のゴルフ場の中に併設されているゲートボールクラブのお仲間たちも、あなたのことを〝虫も殺せない好人物だ〟と声を揃《そろ》えて証言しています」

我妻は言葉を切って、かたちのいい額の下の眉根を寄せた。

「ただひとつ分からないのはね――あなたが遺体処理を依頼した動機なんですよ」

もはや観念する他はない。私はすべてを話すことにした。

文字通り私は――自分のアパートの家主なのだ。

ある日、他の部屋の住人が「一階の空室の窓が割れている」というので見に行くと――修理代は家主負担だ――風呂場で見知らぬ若い男性の遺体を見つけてしまった。

警察に通報するのは簡単だ。

だがそうすると、この部屋はたちどころに事故物件となってしまう。

家賃は大幅に下げざるを得ない。きっと他の空室も敬遠されることだろう。

それればかりか現在の居住者たちさえ、こぞって出ていってしまう可能性さえある——。

賃貸収入は命綱だ。私のような年寄りにとって、頼りになるのは金しかないのだ。

遺体を発見してしまった私は熟慮の末、闇業者に処理を依頼することにした。

すると——どうしたことだろう。

以来、なんと同じ風呂場に、謎の遺体が二度、三度と出現することになったのだ。

噂のアップル・クラッシャーが——もちろん奴とは一切面識がないのだが——（あの部屋の風呂場に死体を突っ込めば勝手に処理してくれる）と思ったに違いない。

そこからはまさに負の連鎖だ。一度依頼してしまえば、二度も三度も同じことだ。

私はやむなく、遺体が出現するたびに処理を依頼する羽目となったのだ。

我妻は、どこか哀し気な目付きのまま首を傾《かし》げた。

「でも、まだわかりませんね、おじいさん。死体遺棄罪は免れませんよ。いったいそこまでしてお金が必要な理由はなんですか。年金だってあるでしょう」

年金だけじゃとても足らないんですよ刑事さん、と私は目を伏せた。

そして——保険がきかない難病で入院中の妻に、心の中でそっと手を合わせた。

（ごめんよ、おまえ）

余り知られていないことだが、医療費が助成されない難病は山ほどあるのだ。

そう、──すべては病のせいなのだ。

穴　堀内公太郎

人を殺してしまった。

できるだけ穴の近くで殺したかったが、警戒される前に片付けることを優先した結果なので仕方がない。このあとで移動させれば充分だろう。

スマホをポケットに入れると、山元壮太《やまもとそうた》は改めてうつ伏せに倒れた吉沢海斗《よしざわかいと》を見下ろした。右手には金属バットで殴ったときの感触がはっきりと残っている。後悔や懺悔《ざんげ》の気持ちは微塵《みじん》もない。心を満たしているのは爽快感だった。

まだ充分に明るい学校の裏山は、この時期らしい蟬《せみ》の大音量が響き渡っている。生命の終わりが迫る八月の蟬にとって、人間が一人どうなろうと興味がないに違いない。

「本当に死んだ？」死体の向こうから声が聞こえた。

片桐遥香《かたぎりはるか》がこちらを見ていた。黒のキャミソールにベージュのミニスカート、どう見ても殺人現場にふさわしい格好ではない。

「見てのとおり」肩をすくめると、壮太は頭上を見上げた。

夕焼けが広がり始めている。

「死体を運ぶから手伝ってくれるかな。あっちに穴が掘ってある」

「私もやらなきゃダメ？」

「もちろん。吉沢は大きすぎて、僕一人じゃ運べない」

遥香が諦めたようにため息をついた。「どうすればいい？」

壮太は死体の頭部側へ回り込むと、バットを地面に置いた。肩の下に手を突っ込んで、死体を仰向けにする。白目を剝《む》いた吉沢の顔が露《あら》わになった。

「足のほうを持ってくれる？」

遥香は素直に足側へ回った。中腰の姿勢で膝のあたりに両手をかける。

「せーの」で死体を持ち上げた。ずっしりとした重みを感じる。

壮太が後ろ向きに歩き出すと、遥香がよたよたとついてきた。辛《つら》そうに顔が歪《ゆが》んでいるが、それでも整った顔はやはり美しかった。

――片桐遥香だけど分かる？

夏休み初日のことだ。朝八時、両親が仕事に出て一人で自宅にいたところ、スマホに知らない番号から着信があった。最初は無視したものの、五分で四回もかかってきたので、不審に思って出てみた。相手が遥香とは想像すらしていなかった。

「急にごめん。なんでこいつがって思ってるよね。でも、山元に相談があるの。あんた、吉沢海斗のこと恨んでるでしょ」

壮太は黙り込んだ。なにか裏があるのではないかと警戒する。

「そっか。私になんか言ったら、海斗に伝わるって思ってるんだよね。でも大丈夫。私も海斗を恨んでるの。だからホントのこと教えて。あんたも恨んでるよね」

「……恨んでたら、なに？」

「一緒に殺さない？」

吉沢海斗――モデル体型に爽やかな笑顔、中学ではバスケットで全国大会にも出場したという。まさに漫画のヒーローのような存在だった。その性格を除けば。

あれはゴールデンウイーク明けのことだ。廊下を歩いていたら、いきなり背後から吉沢に肩を組まれて、強引にトイレへ連れていかれた。訳が分からず当惑していると、胸倉を摑《つか》まれて尻から手洗い場に突き落とされた。

「なにすんだよ」

吉沢が無言のまま、いきなり蛇口をひねった。あっという間にズボンがびしょ濡《ぬ》れになる。啞然《あぜん》とする壮太を吉沢は思い切り平手打ちした。

「おまえの顔がムカつくんだよ」

それ以降、吉沢は執拗《しつよう》に壮太に絡んできた。すれ違いざまに引っぱたかれたことも一度や二度ではない。女子の前で下着ごとズボンを下げられたこともある。体操服を切り裂かれたこともあれば、教科書を焼却炉に捨てられたこともあった。

吉沢に目をつけられたことが知れ渡ると、周囲も壮太と距離を置くようになった。始まったばかりの高校生活が、あっという間に地獄と化した。ＳＮＳ上の顔も知らない仲間に気持ちを吐き出すことで、心のバランスを保つのがやっとだった。

「――パパ活なんて、ちょっとした小遣い稼ぎでやっただけなのにさ」遥香は一方的に電話口で話していた。「海斗にバレたら、ガチギレしちゃって。しかも、学校や親に話すとか言い出してさ。悪いと思うなら、早くやらせろの一点張り。私、こう見えても処女なんだよね。一応、見た目がいいから付き合ってたけど、あんな顔だけの奴にやらすの嫌じゃん。そうなると、もう殺すしかないでしょう」

正直、そんな理由で殺すのかと呆《あき》れていた。積もり積もった壮太の憎しみとは比べものにならない。遥香の単純かつ自分勝手で残酷な思考にはついていけないと思った。それでも遥香の短絡的な考え方は、壮太に一つの【気づき】をもたらしてくれた。

そう。嫌なら殺してしまえばいいのだ。

こんな簡単なことに、なぜ今まで気づかなかったのだろう。そんな選択肢があるとは思いもしなかった。急に目の前が明るくなった気がした。

「――学校の裏山がいいと思うんだ。あそこに深めの穴掘って埋めたら、絶対にバレないでしょ。ねえ、やろうよ」

「分かった」壮太は答えた。「一緒に殺そう」

遥香は死体を抱えて息を荒くしている。こめかみからは汗が流れていた。

「穴はそこ」顎で示した先には、縦横二メートル、深さ一メートルの穴があった。昨夜、壮太が一人で掘った穴だ。あえて周囲に木の多い場所を選んでいる。そのほうが準備をするうえで都合がよかったからだ。

穴の手前で足を止めると、「一、二の三！」で同時に手を離した。

死体が穴の壁を転がっていく。底に衝突すると、弾んでうつ伏せになった。

遥香がふうと息をつく。腕で額の汗を拭き取った。

壮太はズボンのポケットに手を突っ込んだ。忍ばせている折り畳みナイフに指先が触れる。ポケットの中でナイフを握り締めると、遥香のほうを向いた。

いつの間にか、遥香がすぐ側《そば》に来ていた。下腹部にどんという衝撃を覚える。激痛が走って、足元がふらついた。地面に片膝をつくと同時に、肩を強く突かれた。体勢を崩して、後ろ向きで穴を転がり落ちる。吉沢の死体に乗り上げた体勢で止まった。

穴の上から遥香がこちらを見下ろしていた。手に握り締めた物が、夕日を反射して鈍く輝いている。「ごめんね」遥香の顔も赤く染まっていた。「あんたさえいなくなれば、このことは誰も知らないの。悪いけど、ここで死んでくれる？」

「……最初からそのつもりだった？」

「そうなの」遥香が笑顔で言った。「だから、私の相談に乗った時点であんたの負け。大体、私があんたなんか頼るわけないでしょう」

「裏があるのは分かってたよ」下腹部に触れると、手がぬるぬるした。かなり深く刺されたのか、脈打つごとに血が溢《あふ》れ出してくる。

「嘘《うそ》ばっかり」

「僕が片桐さんを信用すると思う?」

「信用したから、協力したんでしょう」

「違う。僕のほうも君をここで殺すつもりでいた」ポケットのナイフを取り出そうとしたが指が震える。それでも無理やり摑んで吉沢の背に突き立てた。「こうやってね」

「あら、そう。私のほうが一枚上手だった?」

「そうでもないよ。これはこれで想定内だ。君たちを殺して僕も死ぬつもりだったからね。どうせ死ぬんだから、たいした違いはない」

「全然違うでしょ。私は死んでないし」

「確かに君を殺すことはできなかった。自慢の顔をナイフで切り刻んだら、君はいったいどういう反応をしただろうね」

「残念でした。あの世で私が残りの人生楽しむところを見ててね」

「そんなにうまくいくかな」

「いくでしょ。死体さえしっかり埋めれば、そう簡単にバレないし。死体がなきゃ、単なる失踪《しっそう》ってことですぐには事件にならない。そのあいだにいろいろとアリバイ工作をしておくつもりだしね」

「意外と頭が回るんだ」

「ありがと」

壮太は吉沢から身体《からだ》を引き離した。死んだら関係ないとはいえ、やはり最期に密着した状態でいるのは嫌だった。息をついて、壁にもたれかかる。

でもね、と壮太は続けた。「残念ながら、死体は見つかる」

「はいはい。負け惜しみね」

「負け惜しみじゃないよ――ほら、耳を澄ましてみて」

遠くでサイレンの音が聞こえている。

遥香の表情が強張《こわば》った。すぐに強がったようにふんと鼻を鳴らす。「あんなのたまたまでしょ。単なるパトロールよ」

「本当にたまたまだと思う？」

音がどんどん大きくなっていく。こちらへ近づいて来ているのは明らかだった。

「実はこれ、ＳＮＳでライブ配信してるんだ」

「……へ？」

「この穴が映るように周りの木にカメラが設置してある」

遥香がはっとしたように周囲を窺《うかが》った。

「まさに今、この瞬間を僕のＳＮＳのフォロワーが見てるはずだ。君たちを殺すところを生配信するって告知したからね。その中の誰かが通報したんじゃないかな」

遥香がゆっくりと壮太のほうを向いた。唇がわなわなと震えている。

「本当は君も殺したかったけどね。ただ、結果オーライだと思ってる。どうやら君は逮捕されたほうが苦しみそうだから」

「なんで、そんなことを……」

壮太はにっこりと笑った。「ヒーローになるため」

「ヒーロー？」

「この映像が拡散されれば、僕はくそ野郎をぶち殺した人間として称賛される。自らも命を落としたとなれば、それはもう伝説だ。特にいじめに苦しむ人間にとって、僕は憧れの存在になる。まさにヒーローだ。このまま生きててもろくな人生じゃないんだ。ムカつく奴をぶち殺して、そのうえ、ヒーローになれるなんて最高でしょう」

遥香が唖然とした顔で壮太を見つめている。

壮太は一台のカメラを向いた。「みんな、いろいろとありがとう。僕は一足早くあの世に行く。みんなが勇気を出して一歩踏み出せるように応援してるよ」

急に眠気が襲ってきた。意識が遠のいていく。

「バッカじゃないの！」遥香が悲鳴にも似た声で叫んだ。「そんなの全然最高じゃないわよ。どうしてくれるの！　私、このままじゃ――」

壮太はのろのろと地面に身体を横たえた。上空を見上げる。先程まで赤く染まっていた空はいつの間にか夜の気配を帯び始めていた。

生成ＡＩは人気作家の夢を見るか？

三日市零

『人を殺してしまった』

急いでキーボードを叩《たた》き、エンターキーを押す。そのまま十数秒待つと、入力したプロンプトに沿った回答がディスプレイ上に映し出された。

『暗い部屋の隅に重々しい声が響いた。目の前に倒れた男が悲劇の始まりを告げている。警察が到着する前に真相を探し出さねばならない。果たして、このミステリアスな夜はどこへ続くのだろうか』

……酷《ひど》い。いくら何でも酷すぎる。一見するとそれらしい単語は並んでいるが、意味のあることは何一つ書いていない。『果たして、このミステリアスな夜はどこへ続くのだろうか』なんて、こっちが聞きたいぐらいだ。

「やっぱり無理なのかな。生成ＡＩに小説を書かせるなんて」

絶望的な気分でスマホに目をやる。編集の田中《たなか》が部屋に来るまで、あと三十分。

いつかネタにしようと考えていた生成ＡＩだが、こんな形で使う羽目になるとは思わなかった。本来なら、作家としての矜持《きょうじ》にかけて、こんなものに頼りたくはない。とはいえ現実問題として、今は時間がなかった。短編といえども物語をゼロから書き上げるには、アイディア出しも物理的な出力も、何もかも時間が足りない。

大体、こんなことになったのも、田中からの無茶振りが全ての原因だった。依頼メールの脳天気な文面が、今更ながら腹立たしい。

「全員に同じ書き出しで執筆していただく、夢のアンソロジー企画ですよ。締切りが非常にタイトで申し訳ないんですが、先生の力作、期待してます！」

簡単に言ってくれる。全員が同じ書き出しになるということは、即《すなわ》ち作家同士の実力差が如実に表れるということだ。

天才作家と謳《うた》われた楠本百合子《くすもとゆりこ》にとって、確かに難しい企画ではない。だからこそ、中途半端なクオリティの作品を出すわけにはいかないのである。

一度大きく息を吐き、深呼吸する。

いけない、良くない流れだ。時間制限に捉われ、冷静さを欠いている。

こんな時こそ――ルーティーンだ。

足元に散らばった原稿を跨《また》いで避けつつ、早足でキッチンに向かう。いつも執筆のお供に淹《い》れているカモミールティーとお気に入りのカップの存在が、殺伐とした気持ちをほんの少しだけ和らげていく。

お茶の準備をしながらも、スマホでの検索はしぶとく続けていた。生成ＡＩが万能ではないことなど百も承知だが、何とか少しでも上手《うま》くプロンプトを書き、狙い通りのものを出力させる方法はないだろうか。

いくつかのサイトを巡っているうちに、正に今の自分が求めていた情報――実際に生成ＡＩに小説を書かせてみた人物のブログがヒットした。実際に書かれた作品も斜め読みしてみたが、先ほどの『どこへ続くのだろうか』系の投げっぱなしエンドとは全く別物の、クオリティの高いＳＦ小説である。

画面をスクロールし、効果的なプロンプト作成方法を頭に叩き込む。生成ＡＩで理想的な出力結果を出すには、何をしてほしいか最初に示すことが重要らしい。登場人物や状況などのあらすじも事前に決め、文体も具体的に指定しておく必要がある。

要するに「機械が理解できるレベルで指示を出せ」ということだろう。作者の感性が重要視される文学の領域で、そんなことが可能なのだろうか。

そのうえ、田中が部屋に来るまであと十分しかない。入力と生成の時間を鑑《かんが》みても、挑戦できるのは恐らく次が最後――文字通りの一発勝負になる。

カモミールティーを飲み干し、気合いを入れるべく自身の両頰を叩く。再び書斎に戻ると、本棚にずらりと並んだ過去作の背表紙が目に入った。

そうだ、不安になる必要などない。楠本百合子の作品は、他ならぬ自分が一番読んできているではないか。

楠本百合子の世界観を、正確に言語化する。ベタと見せかけて緻密に練られた構成、ハッピーエンドの中に切ない余韻を残すストーリー展開。強力な個性を持ったキャラクター造形に、「百合子節」と形容される、シンプルで力強い文章。

そこに、今の状況を正確に、ありのままに入力すれば――

頭の中で方向性を整理してから、再びパソコンに向かう。プロンプトの内容は、先ほどとは比べものにならないほどスムーズに浮かんできた。

『四千字程度のミステリー小説を書いてください。書き出しは【人を殺してしまった】。主人公は天才若手ミステリー作家の楠本百合子、舞台は彼女の自宅です』

ここで終わらせずに、更に詳細な状況を追記していく。

『ある日、楠本は宅配業者を装って訪ねてきた作家志望者と口論になり、相手を包丁で刺し殺してしまいました』

喉元にぐっと苦いものがこみ上げるが、手を止めている暇はない。

『間の悪いことに、あと三十分で編集者が原稿を取りに来てしまいます。この絶体絶命の状況を打開し、且つ編集者にバレずに死体を処理する驚くべきトリックを考え、作品内に入れ込んでください』

最後に、脳内でまとめた楠本百合子の世界観を、思いつく限り列挙する。

『文章はシャープで簡潔に、わかりやすさを重視してください。加えて……』

自分史上最速のタイプスピードで、五分を残して入力は完了した。叩き付けるようにエンターキーを押し、出力結果を待つ。

要望は過不足なく伝えたつもりだが、本当にうまくいくだろうか。ディスプレイは先ほどからフリーズしてしまったように、ぴくりとも動かない。

頼む。もう入力し直している時間はない――

祈るような思いで見つめていると、画面に変化が起こった。生成ＡＩは静かに、『人を殺してしまった』という書き出しで始まる、一編の小説を綴《つづ》り始めた。

文字を目で追いながら、思わず拳を握りしめる。

完璧だ。楠本百合子の独特の文体も、完全に再現できている。あとは文章をコピー＆ペーストして印刷すれば、無事に原稿の完成だ。

興奮して立ち上がった勢いで、足元に倒れていた何かを踏みつけてしまった。それが男の手のひらだとわかった瞬間、奇妙に冷え切った感覚が全身を襲う。

あぁ、そうだった。何とか間に合ったが、本当に残念だ。

これが、楠本百合子の最後の作品になってしまうのだから――

二時間後、峯岸翔太郎《みねぎししょうたろう》が事件現場のマンション前で待機していると、やや遅れて上司の香田《こうだ》警部が到着した。男性が自宅で刺殺されたと通報があり、緊急応援を要請されたのである。

香田はエントランス前にいた自分に気が付くと、小走りで近づいてきた。

「被害者は榎田邦彦《えのきだくにひこ》、四十八歳。職業はミステリー作家と聞いたが」

頷《うなず》きつつ、先ほど小耳に挟んだ情報を共有する。

「香田さんは被害者のペンネーム、聞かれましたか。楠本百合子らしいですよ」

「ええ！　あの、顔出しNGのか。男だったのか」

「はい。編集部でも一部の者しか知らない、トップシークレットだそうで」

声を潜めながら、向こうに立っている男を見やる。第一発見者だという編集の田中は、先ほどからオロオロしっぱなしだ。原稿を取りに来たはずが先生の遺体とご対面だなんて、確かに気の毒にも程があるだろう。

それに、楠本百合子の死は個人的にもショックが大きかった。学生時代にすり切れるほど読んでいた楠本のデビュー作は、未《いま》だに実家の本棚の特等席を飾っている。来月末に発売予定の新作も、近いうちに書店に予約を入れようと思っていたのに。

パトカーの後部座席で項垂《うなだ》れる女性を手で示しながら、報告を続ける。

「被疑者は全面的に容疑を認めています。宅配業者のふりをして被害者宅を訪問し、口論になったため殺してしまったそうです」

「なるほど。被害者とその女の関係は？」

「熱狂的なファンのようです。本人も作家志望で、被害者に憧れていたそうで」

「愛人系ではなく、ストーカー系か。それが何で口論になったんだ？」

「それが、楠本百合子は若い女性だと信じていたのに実際は中年男性で……その、騙《だま》されたと。それでも勇気を出して自作を読んでほしいと申し出たのに、鼻で笑われた挙げ句、原稿を床に投げつけられ……カッとなって刺してしまったと」

やりきれない表情を浮かべている香田の元に、鑑識課の職員が走ってきた。

「香田警部。どうやら被疑者は、被害者の殺害後も部屋に留《とど》まっていたようです。編集者が来るまで、ご丁寧にお茶まで飲んで」

渡された写真に、思わず背筋が寒くなった。楠本百合子のＳＮＳフォロワーなら誰もが知っている、執筆時に愛飲しているカモミールティーのセットである。

「それと、編集者が回収する予定だった原稿も現場に残されていたんですが……本当に被害者が書いたものかどうかがわからないそうです。被疑者は『楠本百合子の最後の作品だ』と主張しているんですが」

「わからない？　一体どういうことだ」

「依頼メールを盗み見た被疑者が、生成ＡＩに書かせた可能性もあるようです。尤《もっと》もパソコンは念入りに破壊されていたので、断定はできませんが」

そこで一度言葉を切ると、職員はひとつ咳払《せきばら》いをした。

「編集部としても、楠本百合子の遺作として公表するべきか迷っているそうです。そこで、警部にも中身を確認いただけないかと」

職員が寄越してきた数枚の原稿は、即座に香田から自分の手にパスされた。

「そういうのはこいつに頼んでくれ。本は結構読んでるはずだし、学生時代にＡＩだか何だかの授業も取ってたはずだから」

期待に満ちた二人の眼差《まなざ》しには、愛想笑いを浮かべるしかない。予期せぬ場面でお鉢が回ってくるのには慣れっこだが、珍しく今回は自分でも自信があった。

生成ＡＩで出力した文章は、得てして抽象的になりがちだ。「百合子節」と見分けが付かないほどとは思えないし、ファン歴も長い自分なら充分に判別可能だろう。

最初は軽い気持ちで原稿を読み進めていたが、次第に全身の血の気が引いていくのを感じた。自分が読まされているものの正体が、急速に見えなくなってくる。

香田に対して申し訳ない思いはあったが、現時点では首を横に振るしかなかった。

「……わからないです。一読した限りでは、楠本百合子の作品としか思えません。生成ＡＩには具体的な指示が不可欠ですから――もしこれを書かせることができたとしたら、別の意味で恐ろしいですよ」

ちらりとパトカーを見た瞬間、車内の女と目が合った。こちらの声が聞こえているはずもないのに、女の口元は邪悪に歪《ゆが》んでいる。その確固たる自信と狂気に、思わず声が震えた。

「楠本百合子の作品を心から愛し、真に理解した人間でなければ、不可能な芸当です。こんな瓜《うり》二つな再現、絶対にできませんよ」

天空の深海　高野結史

人を殺してしまった。

バート・シンプソンは我関せずと顔を背けている。

薄情だな。いつもそうだ。

僕は動かなくなった男の胸から刃物を引き抜き、灰色の室内を見回した。

壁の向こうから、ずっとサイレンの音が聞こえている。時折、警察かＦＢＩらしき男たちの怒声も混じる。よく聞き取れないが、投降を呼びかけているようだ。

少し冷静になると、不安が襲ってきた。

ここから逃げ出すことなどできるのだろうか。

男の死体は床に崩れ落ち、焦点を失った目をこちらに向けていた。傍らには試験データが散乱している。殺される直前まで確認していたのだろう。

僕らがここに拘束されて、もうじき五年。『深海魚以下のモルモット』として、ずっと行動を監視されてきた。が、それも今日で終わる――。

背後で小さな悲鳴が上がった。

部屋の入口で女が立ちすくんでいた。まさか自分たちが傷つけられる側に回るとは夢にも思っていなかったのだろう。女は逃げようとして、踵《きびす》を返した。その背に刃物を突き立て、引き倒す。恐怖なのか絶望なのか、女は顔をぐしゃぐしゃにして泣いていた。その表情に僕は怒りを覚えた。

僕の脳を弄《もてあそ》んだくせに。

処置台の上で頭に磁気装置を向けられた時の恐怖は忘れられない。女は実験マウスを見るかのような目で僕の変化をテストした。自分の死も同じように観察したらいい。

背中から引き抜いた刃物で今度は胸を刺した。女は目を見開いたまま死んだ。

また人を殺してしまった。

黙って壁にもたれているバートの首根っこを摑《つか》み、部屋を出る。薄暗い廊下の壁という壁に数字や図の書かれた紙が禍々《まがまが》しく貼られている。全て僕に関わるものだ。

廊下を進む。アイツの部屋の前に差し掛かる。いつしかサイレン音が大きくなっていた。遠く聞こえる怒声には英語とスペイン語が混じっている。見つかったら厄介だ。急いで立ち去ろうとして、ふと服が血まみれになっていることに気づいた。まったく見えていなかった。冷静なつもりだったが、やはりパニックを起こしていたらしい。

血まみれで逃げ回るのは自殺行為だ。しかし、情けないことに替えの服がどこにあるか分からない。着替えは毎朝支給されてきたから。

「仕方ない、部屋に戻ろう」

そうバートに告げて、拘束部屋に向かう。脱いだまま未回収の服が残っていたはずだ。衛生面に気を使っている場合ではない。部屋に入るとモニターが点《つ》きっぱなしだった。画面には数式が整然と並んでいる。不快感がこみ上げてきた。

僕はバートを適当に座らせ、脱いだ服をベッドに放った。大量の血痕。バートは興味なさそうだが、僕は自分のしたことを改めて実感した。

――誰かの役に立つ人間になりなさい。

懐かしい父の声が頭をよぎった。

幼い頃、父と遊べる日曜が待ち遠しかった。遊びを通して色々なことを教わった。寛大で聡明《そうめい》だった父。その願いを僕は叶《かな》えられなかった。それどころか人殺しになってしまった。

――大丈夫。大丈夫。

母の声も思い出された。僕は人前でも母に抱きつき、甘える子供だった。

幸せの日々は短かった。知らないうちに父と母は奪い去られた。あれからどのくらい時間が経《た》っただろう。できることなら、あの頃に戻りたい。あの家に帰りたい。

ガチャリ。

ドアの開閉音が聞こえ、僕は我に返った。

擦《す》るように廊下を進む足音が続く……アイツが部屋から出たんだ。

僕は急いで着替え、刃物を握りしめた。

音を立てないように廊下へ戻り、ゆっくり出口に向かう。しかし、浅はかだったとすぐに気づかされた。背後から名前を呼ばれ、息が止まった。振り返ると、廊下の先の暗がりに人影が見えた。アイツだ。先ほど殺した二人の死体を見下ろしている。

「お前がやったのか」

アイツは感情のこもらない声で訊《き》いてきた。

黙っていると、アイツは僕の手の刃物を見て、悟ったように視線を死体に戻した。

殺すべきか。

僕は迷った。さっきは不意打ちと背後からの刺突だったので抵抗されなかった。対面で襲えば、返り討ちにあうかもしれない。それに、殺す道理がない。

僕は逃げることを優先し、出口へと向かった。

しまった。バートを忘れた――。足を止めた刹那、アイツが再び僕の名を呼んだ。

「幸次郎《こうじろう》」

僕は玄関へ走った。

歴史年表。天体図。周期表。壁に貼られたそれらに見向きもせず、靴を履く。サイズが合わなくなっていた。足が痛い。靴の踵《かかと》を踏んだまま、ドアを開ける。

再び振り返ると、兄が――アイツが無言でこちらを見ていた。この家で沈黙が流れるのは初めてだ。アイツは自室に閉じこもり、海外ドラマやゲームの音を常に大音量で響かせている。それが今はサイレン音も怒声も聞こえない。ドラマの視聴を止《や》めたのだろう。リビングに転がっている父と母の死体は陰に隠れて見えなかった。兄は何か言いたそうだが、言葉が見つからないようだ。

僕は振り切るように外へ飛び出した。地上十二階。日が暮れた街を眺めながらエレベーターで一階に降りる。行先は決まっていない。僕の居場所なんてどこにもない。僕は深海魚ですらないのだから――。


中学受験に勝ち抜き、私立中学に入学したにもかかわらず、成績が低迷する生徒を「深海魚」と呼ぶ。成績が最底辺から浮上しない様を例えた蔑称だ。

僕は深海魚以下だ。私立中学の受験に失敗し、公立の中学校に通った。父も母も高校受験でのリベンジを期待した。いや、強制した。ところが、公立中でも成績が下位になった。中学受験の猛勉強で蓄えた知識は残っていても、気力が枯れていた。テストの度、体調が悪化し、パニックを起こした。リベンジどころではない。不登校となり、内申点はボロボロ。高校に進学できるかも怪しくなった。

父と母の怒りは発狂に近かった。

何があっても頼もしく、いつも守ってくれた父。優しく褒めてくれた母。僕が愛した両親はもうどこにもいなくなっていた。

両親が変わり始めたのは中学受験の対策を始めた小学四年の頃。志望校は御三家――都内の最難関中学だった。僕はどんな学校かよく知らなかったけど、命じられるがまま睡眠時間を削って勉強した。

だけど、六年生になると偏差値が急落し、両親から叱責される日々が続いた。塾の先生は志望校を変更するようアドバイスしたが、両親は御三家から下げることを拒否した。僕を御三家に入れる。それが両親の悲願だった。親族や周囲に対して引っ込みがつかなくなっていたのかもしれない。

塾の先生が危惧したとおり、受験の結果は全落ち。すると、いつしか両親はどこかへ消えた。その後、顔は似ているが、全く違う何者かが僕を支配した。近所の目から逃げるように引っ越し、中学入学前から高校受験に向けて勉強をさせられた。

「あなたのためよ」母に似た女はずっとそう言い続けた。

家の中のあらゆる場所に暗記事項が貼られ、部屋では予備校の授業動画が常に流れている。視界に入るもの全てが受験勉強。前の家から連れてきた唯一の宝物、シンプソンズのぬいぐるみすら部屋から撤去され、リビングに置かれた。そこまでしても僕の学力は上がらない。体調は悪化し続け、朝起きることもできなくなった。

うつ症状の診断が下りた時は、さすがに勉強を休むことができた。

ところが、先月、女が磁気刺激治療を提案してきた。特殊な機器から磁気を放ち、脳内に電流を発生させる治療法だという。「受験うつ」に効果があるからと、一か月ほど通院させられた。器具を頭部にあてられ、電気的処置を受け続ける日々。その効果かどうか分からないが、僕の体調は少し良くなった。

気分が回復したことにも安堵《あんど》したが、何より女たちが僕の健康を気遣ってくれたのが嬉《うれ》しかった。しかし、甘かった。現実を認められずにいた。

「磁気刺激治療は記憶力を向上させるの。漢字でも英単語でも何でもいい。暗記のテストをしてみて」女はそう言って、僕を机に向かわせた。

結局、僕は偏差値を記録するマシンでしかない。大金をはたいた治療も全ては低迷した数値を上げるためだった。

もう逃げよう。

僕は本能に従った。キッチンで包丁を手に取り、リビングで模試の結果に目を通していた男を刺した。女も殺した。ここから逃げるには他に方法がなかった。

僕の願いはただ一つ。あの家に帰りたい。優しかった両親のもとへ帰りたい。

――あの家？　両親？　そんなものまだ存在するのか？

――誰が両親を奪った？　誰が僕と両親を引き離した？

なんだか頭がぐちゃぐちゃしている。いたたまれなくなった僕は駆け出した。

大通りで通行人の列に出くわし、足を止める。目の前を数人の小学生が通り過ぎた。受験塾のロゴが入ったリュックを背負っている。みんな楽しそうだ。それぞれの志望校を口にして、励まし合っている。御三家の一角を宣言している子もいる。僕もそうだった。御三家以外に行ってはいけないと思っていた。だって、両親が――お父さんとお母さんが望んでいたから。大好きなお父さんとお母さんの夢だから。期待に応えたかった。喜んでほしかった。僕が生まれて良かったと思ってほしかった。なのに、僕のせいで優しかった両親は別人のようになり、その命をも奪ってしまった。もう、二人の笑顔を見ることも、抱きしめてもらうこともできない。

僕は赦《ゆる》されないことをした。どうすればいい？

鍵を持っていなかったので、マンションのエントランスから人が出て来るのを待つ。ドアが開いた隙に入り込み、エレベーターに乗った。

兄はまだリビングで立ち尽くしていた。人と目を合わせられない兄。戻った僕を見て「ごめんな」とつぶやいた。「俺が怠けちゃったから――全部お前に行っちまった」

兄は中学受験以前に不登校となり、高校受験すらしていない。だから両親の期待は僕に集中した。僕ら二人は、この深海の底で息をひそめて生きてきた。

「僕が悪いんだ。僕が馬鹿だから」

それだけ告げて、自分の部屋に戻る。宝物が出迎えてくれた。両親にもらったバート・シンプソンのぬいぐるみ。その前で参考書を開く。

今度こそ志望校に合格するんだ。それしか僕が赦される方法はないのだから。

侵入者　桐山徹也

人を殺してしまった――。

午前一時をまわりようやく眠りに入ろうとしていたとき、耳元で確かにそう聞こえた。ぼんやりとした意識のまま暗闇に目を凝らすと、ベッドの横に黒い人影のようなものが見えた。慌てて身体《からだ》を起こし、壁にある電気のスイッチを探す。すぐにそれを見つけ、僕は明かりをつけた。

そこには、包丁を手にした髪の長い血まみれの女が立っていた。

「鍵、開いてたわよ。気をつけないと」

僕は呆然《ぼうぜん》と女を見つめた。

「……な、何なんですか」

息をのみながら震える声で尋ねる。

「ねえ、口を開けて」

女はこちらに包丁を向け唐突に言った。

怯《おび》えながら言われるままにゆっくりと口を開けた瞬間、女が包丁の刃先で僕の肩を軽く突いた。

「痛った！」

女がじっと顔を覗《のぞ》いてくる。

「大丈夫みたいね」

僕はベッドの上に座ったまま、恐怖で言葉をだすこともできず、ただ女を見上げた。

女は狭いワンルームの部屋を見回していた。

「どうして、この部屋に……」

僕は恐る恐る尋ねた。

「アパートの一階から全部確かめたの。そうしたら、ここが開いたの」

……どうやら順番にドアノブをガチャガチャやって、たまたま開いていたこの部屋に入ってきたようだ。鍵をかけ忘れていたのか——。

「でも大丈夫よ。もう鍵は閉めておいたから」

窓の向こうからは、犬の鳴き声がやけに響いていた。

「何か飲み物をもらってもいい？」

そう言って冷蔵庫を開け、中を覗き込む。女はペットボトルのお茶を手にすると悲しげな表情を浮かべ、「どうしてこんなことに」と小さく息をついた。

「何があったんですか……」

怯えながらそう尋ねると、女はうつむいたまま眉をひそめた。

「住んでいるマンションの隣に、一人暮らしのお婆《ばあ》さんがいたの」

女は静かに話しはじめた。

「すごく優しい人でね。わたしが引っ越してきたときからとても良くしてくれて、一緒にご飯を食べたりもしたの。シロっていう小さい犬がいてね。毛は茶色なのに、名前はシロ。おかしいでしょ。お婆さんのこと、本当に大好きだった」

　まさかそのお婆さんに何かあり、助けようとして――。

「そのお婆さんを殺したの」

　ぜんぜん違った。

「お婆さんが言ったのよ、『シロを食べた』って」

……何一つ意味がわからない。ようするに、大好きなお婆さんをよくわからない理由で殺したということだろうか。

「向かいに住む小学生の男の子とその両親、隣の部屋に住む若い夫婦。みんな大好きだったのに――」

　この女は、完全にヤバいやつだ……。お婆さんだけではない。いま聞いただけでも、もう六人は殺している。目の前にいるこの女は、大量殺人鬼だ――。全身から嫌な汗がどっと噴き出した。

「人を殺したっていうのはちょっと違うかも。あいつらみんな、人の皮をかぶったケダモノよ。どうせ捕まったら死ぬんだから、もう何人殺しても一緒よね」

　このままでは、僕も殺されてしまうかもしれない。何としてもここから逃げ出さなければ――。

隙を見て玄関のドアまで走っていくか、窓から飛び降りるか、さもなければ何とか包丁を奪って……。

そんなことを考えていたとき、突然ピンポーンと部屋の呼び鈴が鳴った。

女が眉を寄せてこちらを見る。もちろんこんな時間に誰かが来るはずもない。僕は小さく首をかしげた。

「警察です、夜分遅くにすみません」

ドアの向こうからそう声が聞こえた。

どうして警察が……。

なぜかはわからないが、もしかしたら助かるかもしれない。

女がしっと言って口元に指をあてる。外からドアノブをガチャガチャと回す音が聞こえた。しかし鍵はさっき女が閉めてしまった。何とかして、この状況を知らせることはできないだろうか――。そう考えているあいだに、音がやんでしまった。

女が小さく息をついた。

しかしそのとき、なぜかガチャっと部屋の鍵が開く音がした。女はとっさに押し入れの中に逃げ込んだ。

「すみません、警察ですが」

そう言って二人組の警官がドアを開ける。その後ろには鍵を持った管理人が立っていた。

「じつはこの近くで事件がありまして、犯人が逃走中なんです。それで調べていたら、このアパートの一階のドアノブに、全部血がついていたんです。それで二階に来てみたら、この部屋で血の跡が止まっていたんですよ。なので、もしかしたらと思って」

——助かった。

僕はベッドから立ち上がって小さくうなずき、女が隠れている押し入れに視線をやった。

二人の警官は一瞬はっとした表情を浮かべ顔を見合わせたあと、ゆっくりと部屋の中へ入ってきた。そのあとに続くように管理人も中へ入ると、静かにドアを閉めた。

「誰か訪ねてきたりしませんでしたか」

こちらに目配せをしたあと、足音を忍ばせながら警官たちが一歩ずつ押し入れに近づいていく。

「……いいえ」

僕は警官たちの動きを女に気づかれないように、目線で合図を送りながら返事をした。警官は腰に下げた拳銃を手に取った。

「そうですか。では何か変わったことはありませんでしたか。近くで不審な物音を聞いたとか」

少しづつ距離を縮めていく二人の警官を見ながら、僕は息をのんだ。管理人もドアのそばに立ったまま、不安そうにその様子をうかがっていた。

「そういえば、通りのほうでずっと犬が吠えてました。たぶん向かいの家の犬だと思います。いつもはそんなことないんですけど」

警官は押し入れの前に立ち、銃を構えながら言った。

「ああ、それならもう大丈夫ですよ。さっき食べました」

「……え」

その瞬間、押し入れから女が飛び出してきた。

女の手にした包丁が振り下ろされ、手前にいた警官の首元に深く突き刺さる。女は包丁を引き抜くと、後ろにいた警官が銃を向けるより速く、その喉を突いた。二人の警官がその場に崩れ落ち、床が一瞬で血に染まる。

管理人が「ひっ」と小さく悲鳴を上げ、外へ逃げようとドアノブに手を伸ばした。女は管理人の襟首をつかむと、その背中に何度も包丁を振り下ろした。僕は立ったまま、動くこともできずただそれを見続けた。やがて管理人がドアの前で倒れる。女は肩で息をしながら、それを見下ろしていた。

血にまみれた部屋に、静寂がおとずれた。

呆然としながら床に倒れた三人を眺めていたとき、管理人の口から一瞬、触手のようなものが飛び出した。

僕は驚いて女に目を向けた。

「いま何か……」

女がもう一度、管理人の首元に包丁を振り下ろす。管理人の体内から、聞いたこともないような奇声が上がった。

「言ったでしょ。こいつら、人の皮をかぶったケダモノだって」

女はそう言って大きく息をついた。

「ねえ、着替え貸してくれる？」

女は洗面台で手や顔の血を洗い流したあと、ジーンズとパーカーに着替えた。そしてフードをかぶると、「これも借りるわね」と言って僕のスニーカーを履いた。

僕はまだ何が起きたのか理解できず、混乱したまま女を見つめた。

「このあと、もし何かおかしなものを見ても、絶対に気が付かないふりをしてね。話をしている相手の口から、さっきみたいなものが飛び出してきても」

女はドアノブに手をかけた。

「ごめんね、夜遅くに」

「――あの！」

僕はとっさに部屋の隅に置いたカバンから財布を手に取り、中に入っていた札を抜き出して彼女に差し出した。

「これ、使ってください」

彼女は一瞬驚いた表情を浮かべたあと、小さく肩をすくめてそれを受け取り、「ありがと」と言って笑った。彼女の笑顔をそのとき初めて見た。

「じゃあね」

そう言って、彼女は部屋を出ていった。


あれから一ヶ月が経《た》ち、僕は以前までの日常を取り戻していた。

あの夜のことはなぜかニュースにならなかった。最初のころはアパートの前に不審な車が止まっていることもあったが、それももう見なくなった。きっと僕たちの知らないところで何か恐ろしいことが、すでに始まっているのだろう。

得体の知れない、侵入者によって。

もちろん僕は、誰にも何も言わなかった。ただ、ときどきふと思うことがある。いまごろ彼女はどうしているのだろうかと。

そしていま目の前で話をしている相手は、本当に人間なのだろうかと。

名探偵現る　貴戸湊太

人を殺してしまった。紙にインクで書かれたその文字に指を触れ、名探偵はなるほどとつぶやいた。真相を閃《ひらめ》いた時、決まって彼が吐く言葉だ。指先に付いたインクをこすり、彼は部屋の隅にある衣装戸棚《ワードローブ》に視線を送る。助手である私は、こうなるといつも用なしだった。言葉を挟まず、名探偵の推理の観客《ギャラリー》に徹するのがお似合いだった。

「皆さん、警察を呼ぶまでもありません。この殺人事件の真相が分かりました」

名探偵は容疑者たちを見回し、鹿撃ち帽を指先で弾《はじ》くと、身を捻《ひね》ってインバネスコートを翻した。この十九世紀末ロンドンで、探偵を志す者が皆憧れる所作だ。

「集合住宅の一室に、男性の刺殺体が一つ。窓の鍵は閉まっていましたが、玄関扉の鍵は開いていました。犯人はそこから逃走したようです。ただ、現場となった部屋の目の前では、大工が壊れた床板の修理を行っていました。死体発見の三十分前から修理は始まり、十分前に終了して今度は集合住宅の玄関の壁の修理に移ったそうです。床板の修理は、犯人が部屋から出れば必ず目に入る位置で行われていました。犯人が逃走したのは作業が行われていない時間帯に限られます」

名探偵は周囲をぐるりと見回し、部屋のドア寄りにある死体に目をやった。腹部に傷があり、凶器のナイフが近くに転がっている。周辺の壁や床には血が派手に飛び散っており、一部はドアの下を伝って廊下にまで染み出ていた。しかし、その血は完全に固まっていて、私がうっかり踏んでしまった時も跡が一切付かなかった。

とはいえ、血を踏めば靴が汚れたと思ってしまう。私は血を落とそうと水道の蛇口を探したが、このおんぼろ集合住宅には水道が通っておらず、恥ずかしい思いをした。

「偶然居合わせた私が、床の汚れに紛れて大工が気づかなかった血を発見し、ドアを破ったのが数分前。住人が駆け付けたものの、室内には被害者しかいませんでした」

名探偵は困惑する三人の容疑者の様子を窺《うかが》う。一同は顔を見合わせていた。

「おい、これは自殺じゃないのか」

容疑者Aが声を上げた。集合住宅の住人であるこの男は、近くの工場で働く労働者らしい。汚れたよれよれのシャツを着ている。

「自殺ではありません。この殺人の告白を見れば、それは明らかです」

名探偵は部屋の隅を指差した。衣装戸棚があるあたりだ。このあたりには血は散っておらず、床や壁は綺麗《きれい》なままだ。そして名探偵が指すのは、そこにあるテーブルの上の紙だった。その紙には、インクで「人を殺してしまった」と書かれていた。

「これが何だ。死んだ男が書いたものだろ。あの男は殺人犯だと噂《うわさ》で聞いたぞ」

容疑者Aの言う通り、被害者の男は酒場での酔っ払い殺しの犯人として追われていた。自らの殺人を悔い、罪を認める遺書を残して自殺した。そうも考えられるが……。

「それは真犯人が残した偽《フェイク》の証拠です。ほら、この文字、まだ乾いていませんよ」

名探偵は再度文字に指を付けた。彼の指先には、先ほど同様インクが付いていた。

「だからどうだというの。ついさっき文字を書いて、それから自殺したんでしょう」

　容疑者Bが不満の声を上げた。水商売風のこの女性は、派手なドレスを着込んでいた。背中にファスナーがあり、一人では脱ぎ着できないタイプだ。今は、普段脱がせてくれる同居人が、朝方から急な外出をしており困っているという。ちなみにこの集合住宅の住人は、容疑者A・容疑者B・容疑者Bの同居人・被害者の四人だけだ。

「思い出してください。インクとは違い、乾ききっていたものがあったはずです」

　名探偵の指摘に、一同ははっとした。皆が一斉に死体の方を見る。

「そうです。死体の血は乾いていました。しばらく前に被害者は刺されたということです。しかし、その一方でインクは乾いていなかった。つい数分前に書かれたのです。ということはインクの文字は、被害者が刺された後、随分経《た》ってから書かれたものです。刺されてからそんなに後で、冷静に文字が書けるでしょうか。万が一書けたとしても、紙の周辺に血が付着していないことを見るに、刺された被害者はその近辺には近付いていないはずです。被害者にはその文字は書けないのですよ」

　見事な論理《ロジック》が冴《さ》え渡った。順調、なのだろうか。私は緊張で喉が渇いていた。

「では、誰がその文字を書いたんでしょうね」

　容疑者Cが問い掛けた。彼は廊下で作業をしていた大工だ。新しい黒ずみが大量に付いた作業服に身を包んでいる。この古びた集合住宅の床は汚れきっていて、そんなところの床板を修理していたのなら、派手な汚れも付くだろう。

「もちろん犯人ですよ。被害者が息絶えた後、自殺を偽装する目的で書いたんです」

「でも、どうして犯人は殺人と文字を書くことの間に時間を空けたんでしょう。殺してすぐ文字を書いておけば、こんな風に見破られることもなかったのに」

容疑者Cが重ねて問う。名探偵は、ご尤《もっと》もと微笑《ほほえ》んで答えを口にした。

「それは犯人が慌てたからですよ。思い出してください。被害者の血は乾いていましたから、随分前に刺されたのは確かです。犯人は当然、すぐに文字を書いて部屋から出ようとします。しかし、文字を書く前に出られない理由に気付いて動揺したんです」

「出られない理由……。あ、もしかして、私ですか」

大工の容疑者Cが自分を指差す。名探偵は大きく首を縦に振った。

「そう。あろうことか、三階の廊下で大工が床板修理を始めてしまったんです。犯人は出るに出られず、文字を書くことも忘れて部屋でおろおろしていたんですよ」

その後、大工が去ってから思い出して文字を書き、部屋から出た。良い推理だ。

「だけど、そんなことをした犯人は誰なの。こんな犯行、誰でもできる気がするけど」

容疑者Bが言う。名探偵は大仰に腕を振り上げ、見せ場とばかりに犯人を指差した。

「犯人はあなたです」

指し示されたのは、容疑者Aの工場労働者だった。彼は驚愕《きょうがく》の表情を浮かべている。

「お、俺が？　違う、俺はやってない」

容疑者Aは反論する。だが名探偵はそれを聞かず、さらに推理を進めていった。

「現場には激しく血が飛び散っていました。刺殺時に飛んだものですが、当然犯人は返り血を浴びたことでしょう。ですので、大工が三階から去った後、犯人は現場を出て集合住宅の自分の部屋に戻りました。血まみれの状態で外は歩けないですし、集合住宅の玄関では大工が壁の修理を行っていますからね。目撃されれば一巻の終わりです。この時点で、犯人は住人に限定されます。そして犯人は、部屋で着替えをしたはずです。水道が通っていないこの集合住宅では血を洗い流せず、服自体を替えることでしか血を隠せませんからね。ですが、着替えができなかった容疑者もいるんです」

容疑者Bがはっとしたように自らのドレスを見た。

「そう、そのドレスは、人に手伝ってもらわないと脱ぎ着できません。今日はその手伝ってくれる同居人が不在でしたので、あなたは返り血を浴びても着替えることができませんでした。つまり、あなたは犯人ではないのです」

容疑者Bは安堵《あんど》したように息をついた。だが、容疑者Aは怒り心頭だ。

「じゃあ、そこの大工はどうなんだよ。住人じゃないが、現場にいたんだぞ」

「彼はそもそも着替えを持っていないでしょうし、肝心の着替える場所がありません。それに、作業服は長時間の作業であれだけ黒くなっています。仮に犯行後に着替えたのだとしても、短時間でそこまでは汚せないでしょう」

容疑者Aは唸《うな》る。これで、住人で唯一着替えができた彼が犯人だと証明された。

「不在の同居人さんは、現場にいなかったのでもちろん犯人ではありません。さあ、部屋を見せてもらいましょうか。そうすれば、返り血の付いた服が見つかるはずです」

名探偵は、容疑者Aの背中を押して部屋に向かった。一同は彼について行く。

そして、現場に誰もいなくなったことで、私は部屋の隅の衣装戸棚の中からようやく出ることができた。


「衣装戸棚の隙間から覗《のぞ》いていたけど、今回も見事な名探偵ぶりだったよ」

私は名探偵を大いに称賛した。警察がやって来る前に衣装戸棚を出た私は、血まみれのシャツを脱ぎ、それを容疑者Aの部屋で「発見」した。遅れてきた名探偵の助手を演じながらのことだった。その後、私と名探偵は、容疑者Aが無実を叫びながら連行されて行く様を見物していた。

「褒められるのは嬉《うれ》しいし、即興の推理にしてはうまくいったと思っている。しかし、こんな綱渡りは二度と御免だ。どうして君は殺人を犯した後、現場に留まったんだ」

名探偵は不満そうに私を睨《にら》みつけた。私は苦笑する他ない。

「すまない。でも、廊下に大工が来たのは想定外だった。素直に外に出れば姿を見られてしまう。血が廊下に染み出してもいたから、衣装戸棚に隠れるしかなかったんだ。大工が去った気配を、衣装戸棚の中からでは感じられなかったのは失敗だったがね」

「そうか。まあ、推理の可能性を作るため、玄関扉の鍵を開けていたのは良かったよ」

あれはとっさの判断だった。推理をでっち上げることにかけて彼の右に出る者はいないが、玄関扉まで閉まっていて可能性がことごとく潰れているのはさすがにまずい。

「インクの文字を書くまで時間が空いたのも、返り血が乾くのを待ったからだな。紙が置かれたテーブルは衣装戸棚の近くにあった。隠れる場所の周辺に血が滴るのを嫌ったんだ。血を怪しんだ誰かが、衣装戸棚を開けるのが怖かったんだろう」

全てお見通しだった。役立たずの助手ですまないと私は手を合わせる。

「しかしこれで、ご依頼をくださったあの御方も満足してくださるだろう」

私は、殺人を依頼してくれた御方のことを想像する。一度も会ったことはないが、裏社会で相当の地位を持つ人物。金払いが良い分、失敗した者には冷酷だとの噂だ。今回の被害者も、その御方の指示で人を殺したものの、発覚して逃げていたらしい。

「でも、どうして自殺に見せかけるだけじゃだめなんだろう。わざわざ自殺を偽装した上でそれを見破って、ありもしない犯人をでっち上げるなんて手間が過ぎる」

「何度も言っているだろう。あの本物の名探偵が現れたら、自殺を装っても簡単に見破られてしまうんだ。だから、警察があの名探偵に相談しないよう、わざと自殺を偽装した上でそれを否定し、犯人を捕まえる手続きが必要なんだよ。そうすれば、無能な警察はその裏にさらなる真相があるとは思わない。物証も仕立て上げれば、犯人の無実の叫びにも一切耳を貸さないはずだ」

「そうだった。あの本物の名探偵のせいで、面倒なことになっているんだよな」

私が頭を掻《か》いていると、不意に背後から足音が近付いてきた。

「今の話、もう一度聞かせてもらえるかな」

振り返ると、鹿撃ち帽をかぶり、インバネスコートを羽織った長身の男がいた。

我々が驚愕する中、鹿撃ち帽の男は一枚の紙を取り出した。

「『人を殺してしまった』。この文字を誰が書いたか、文字の癖を見て科学的に割り出す手法の研究が進んでいる。もっとも、私はそれを実用の域にまで高めているがね。まさに、この文字自体が『人を殺してしまった』と真実を叫んでくれるわけだ」

信じられない方法で犯人を割り出そうとしている。私は呆然《ぼうぜん》とするしかなかった。

「別の事件で呼び出されて、被害者の監視を怠ったのは私の失態だった。誰かが殺しに来ると分かっていたのに、残念だった」

ずっと被害者を見張っていたというのか。まさかの仕込みに私は言葉もなかった。

「さあ、人を殺してしまった話を聞かせてもらおうじゃないか」

鹿撃ち帽の男――シャーロック・ホームズは、我々に鋭い一瞥《いちべつ》を投げかけた。

G線上の殺人　宮ヶ瀬水

人を殺してしまった。

楽屋に設置されているモニターからは、いままさに舞台上で演奏されている美しいヴァイオリンの音が聞こえてくる。呆然《ぼうぜん》とした頭に、その音が流れ込んでは抜けていく。

自分でも、なぜこんなことができたのかわからなかった。怒りに任せて突き飛ばしたら、悠馬《ゆうま》は驚くほど簡単に吹っ飛んだ。そして楽屋にあった鏡台の角に後頭部を打ち、気絶した。悠馬は男で、私は女だ。まさかここまで軽く突き飛ばせるとは思っていなかった。本当に、殺すどころか、怪我《けが》をさせるつもりもなかった。

悠馬が動かなくなったのを見て、私は、一度は救急車を呼ばねばとさえ思った。けれど、彼が「うう」と呻《うめ》きながら意識を取り戻そうとしたとき、私はとっさに机上に置かれていたものを悠馬の首に巻き、無我夢中で引いていた。悠馬はもがき苦しみ、頭を打ったことと首を絞められたこと、どちらが原因かはわからないが、かはっと血を吐いて絶命した。

私は自分のしたことに呆然としながら、悠馬の首に巻いていたものを取り外した。それはヴァイオリンのG線――四本張られている中でもっとも太い、低音の弦だった。ここは悠馬の楽屋で、凶器となったG線も、彼のものだった。

モニターから拍手の音が聞こえてくる。その音に、私はびくりと肩を震わせた。このモニターは舞台の状況をリアルタイムで楽屋に知らせてくれる。ちょうど、私の二番前の演奏者が出番を終えたところだった。

全日本弦楽コンクール高校生の部、本選最終日。ヴァイオリンソロ部門で出場し、予選から三か月かけて闘った結果、私が獲得した順位は、第二位だった。

このコンクールでは、順位発表後に受賞者の御披露目としてガラコンサートが開かれ、聴衆賞、第三位、第二位、第一位の順に小品を一曲ずつ演奏することになっている。いま、聴衆賞受賞者の演奏が終わり、舞台袖で出番を待っていた第三位と入れ替わろうとしていた。第三位の演奏が終われば、つぎは第二位である私の番だ。小品なので演奏時間は五分程度しかない。いますぐにでも舞台袖へ行かねばならなかった。

私は目の前に転がった遺体を見た。関《せき》悠馬。第一位の演奏者。

悠馬を殺したのが私だとわからないよう、策を講じる必要があった。しかし、その方法を熟考する時間も、遺体を移動させるような時間もない。

とにかく、ここに長居するのがまずいことは間違いなかった。私は凶器となったG線を摑《つか》み、急いで悠馬の楽屋を出た。すぐ隣にある自分の楽屋に戻り、扉を閉める。

私の演奏が終盤になっても悠馬が舞台袖に現れなければ、ステージ係は楽屋まで彼を呼びに行くはずだ。遺体はそのタイミングで確実に発見される。警察が来て、現場は封鎖されるだろう。隣にあるこの楽屋も捜査されるに違いない。

確認しないまま悠馬の楽屋を出てきてしまったが、あれだけ力を込めたのだ、遺体の首には絞められた痕が残っているはずだ。きっと、警察はすぐに悠馬の死が絞殺によるもので、弦が凶器であると気づく。このG線が私の楽屋から押収されれば、言い逃れするのは難しい。ヴァイオリン弦はさまざまなメーカーから発売されており、悠馬と私の使用しているG線は別の製品だった。私が普段使っているものとは異なるこのG線を、私の楽屋に置いていたら不自然なのは明らかだ。

悠馬の楽屋に戻したほうがいいだろうかと考えて、いや、と首を振った。私は素手で思い切りG線を引っ張ってしまった。よく拭ったとしても、手の皮脂や指紋を完全に除去できるとは限らない。わずかでも痕跡が残っていれば、それこそ決定的な証拠になってしまう。

そこではじめて左手に握っていたG線をまともに見た私は、驚愕《きょうがく》した。悠馬の吐いた、粘性のある血がべったりと付着している。手のひらも血で汚れていることに気づき、私は慌てた。

「原口《はらぐち》さん、そろそろ舞台袖にお願いします」

楽屋の外から声がした。なかなか現れない私に痺《しび》れを切らし、ステージ係が呼びに来たのだ。

「すぐ行きます」

返事をして、私はさっと周囲を見回した。ハンカチがある。しかし、ハンカチで拭けば、今度は血の付着したハンカチという証拠品が残ってしまう。それを楽屋に残していく危険性は、G線を残していくのと変わらない。舞台上へ持っていくにしても、いま着用しているのは演奏会用のドレスだ。ポケットなどはない。

どうしようかと焦るうち、ふと、姿見に映る自分を見てひらめいた。私が身につけているドレスは、鮮やかな朱色。悠馬の吐いた鮮血と似た色だった。

私はドレスのサテン生地で、手や弦に付着した血を拭った。思ったとおり、血は色《しき》相《そう》の同じドレスになじんで、まったく目立たなかった。ドレスはコンクール後にはクリーニングに出すのが一般的だから、これで疑われずに処理できる。

あとは凶器だ。これは舞台上に持っていくほかない。私はもともと自分のヴァイオリンに張っていたG線を外すと、凶器のG線に張り替えた。楽器と弓を持ち、急いで舞台袖へと向かう。私の姿を見つけたピアノ伴奏者が、慌てたように手招きした。

「もう前の演奏者は捌《は》けていますよ。このまま舞台に出てください」

「はい、すみません。よろしくお願いします」

舞台へ出てお辞儀をすると、客席から優しい拍手が聞こえてきた。本選の演奏中は張り詰めていた空気が、いまは柔らかい。順位発表まですっかり終わった後に行われるこのガラコンサートは、打ち上げのように気楽なものだった。演奏する曲も五分程度の小品と決まっており、私はバッハの「G線上のアリア」を弾くことにしていた。

「G線上のアリア」は、バッハが作曲した管弦楽組曲第三番ニ長調BWV1068の第二曲「アリア」を、バッハの死から百年以上経《た》って、ヴァイオリニストのヴィルヘルミが編曲したものだ。編曲にあたりニ長調からハ長調へ移調され、G線一本のみで演奏できるようになったことから、この曲名で広く知られるようになった。

私は弓を弦の上にそっと置いた。曲は、長いミの音から静かに始まる。本選で弾いたのがブルッフのヴァイオリン協奏曲第一番という派手な曲だったので、ここではゆったりと落ち着いた音色《ねいろ》を奏でたいと思っていた。高校生活最後のコンクールだった。本選での第一位を獲《と》った上で、心穏やかに、豊かに奏でることを夢見ていた。

しかし現実に第一位となったのは、同学年のライバル、悠馬だった。

同年代で同じ楽器を専攻していると、コンクールなどで顔を合わせることが度々ある。悠馬と私は子どもの頃からの顔見知りだった。

私は悠馬のことが嫌いだった。あらゆる時間をヴァイオリンに捧げ、必死に打ち込んでいる私とは対照的に、悠馬はいろいろなことに手を出した。中学ではサッカー部に入ったと言い、高校では全国模試で五位になったと言った。友人らとテーマパークへ遊びに行ったり、家族で海外旅行を楽しんだりもしていた。

私は血を吐くような努力の末に、本選で二十分を超える演奏時間に耐え、ブルッフのヴァイオリン協奏曲第一番を弾き切った。すべてを演奏に懸け、自分でも満足のいく、最高の音を出した。

しかし、それでも悠馬を上回ることができなかった。悠馬のなにが第一位で、自分のなにが第二位だったのか。理解できず混乱したまま順位発表が終わり、楽屋に戻ったところで悠馬に呼ばれた。こんなときに何用かと苛立《いらだ》ったが、断れば逃げたように思われる気がして、彼の楽屋を訪ねた。

悠馬は、そこで私のことを「友人」と呼んだ。ぬけぬけと笑いながら。彼は私をライバルとも思っていなかった。我に返ったときには、すでに彼を突き飛ばしていた。

気づけば、曲の半分ほどまで進んでいた。ずっと目を瞑《つむ》ったまま演奏していた私は、ふと弦を見て驚愕した。この曲の最高音はシ♭なのだが、その音を出すために押さえる指の位置に、ぶよぶよとした血の塊が付着している！

背にぶわっと嫌な汗が浮く。早く舞台袖に行かなければと慌てていたので拭き残したのだ。なぜ弦を張り替えるときに気づかなかったのかと自分を責める。

粘性のあるべっとりとした血だ。そのまま弦を押さえれば、間違いなく音に影響が出る。G線上のアリアは技術的には難しくない曲で、音を正確に出すことができないということはあり得ず、変な音になれば当然、聴衆に不自然な印象を与える。しかしこの曲に間奏はないので拭き取るタイミングはない。シ♭は、D線という隣の弦を押さえても出すことができるが、同じ音程でも、弦が異なれば音色《おんしょく》にもわずかに違いが出る。演奏上の意味もなくシ♭にD線を使えば必ず気づかれ、訝《いぶか》しがられるだろう。この曲は、G線のみで奏でることにその特徴があるのだから。

どうする、どうする？

焦る気持ちとは裏腹に演奏は進んでいく。あと一小節。シ♭の直前にあるド、ミ、ソを弾き、為す術もないままシ♭に中指がかかる――

バツンッ

目の前でG線が弾《はじ》け、音が止まった。弦が切れたのだ。

私は驚いて固まった。曲の途中で弦が切れるのはままあることだったが、ほかの弦に比べて太く丈夫なG線が切れるというのは初めてだった。きっと、悠馬の首を絞めたときに弦が傷んでいたのだろう。

心臓が異常なほど脈打っていた。焦ったし驚いたが、しかし助かった。最低音域をまかなうG線がなければ、この曲を最後まで弾き切ることは不可能だ。このコンクールでは弦が切れたら袖に戻って張り替え、中断した箇所から速やかに演奏を再開するというルールになっていた。それはガラコンサートも同じ。これで訝しまれることなく、血を処理できる。危機的状況は打破されたのだ。

私はヴァイオリンを鎖骨から下ろすと、楽器からG線を外す振りをしながら、指先で付着している血を拭った。舞台袖に戻り、汚れた指をドレスに擦り付ける。あらかじめステージ係に預けていた予備の弦を受け取り、楽器に張ろうとするが、情けないことにいま頃になって指先が震えてきた。普段なら一分もかからない作業なのだが、妙に手間取り、五分ほどかかってなんとか調弦までを済ませる。

あまりに時間をかけ過ぎてしまい、客席からは中弛《なかだる》みの空気が漂ってきていた。私は頬を叩《たた》いて気合いを入れ直した。震えている場合ではない。絶対に怪しまれてはいけないのだ。肩で風を切るようにしてスポットライトの下に戻る。正面を向き、中断した箇所から演奏を再開すべく、小さくお辞儀をしてヴァイオリンを構えた。

なぜか、客席にどよめきが広がった。

照明の強い舞台上からでは、客席は暗く沈んでいてよく見えない。だが聴衆の驚きと困惑の空気ははっきりと伝わってくる。なにが起きたのかわからず、私は戸惑いながらピアノ伴奏者を振り返った。伴奏者は口に手を当て、悲鳴のような声をあげた。

「原口さん、そのドレス……！」

言われて、ばっと下を向く。鮮やかな朱色のドレス。血をうまく隠してくれた色。

だが、血液はすこしずつ乾燥し、赤黒く変色を始めていた。弦の張り替えに手こずる間に、ドレスの前側には隠しようもないほど、どす黒い血の色が浮き上がっていた。

砂浜の螺旋　おぎぬまX

「人を殺してしまった」

カオルがぽつりと呟《つぶや》いた。

砂浜に深く腰を下ろし、その視線は遠い海の彼方《かなた》を見つめている。

隣で立っていた私は、くすくすと笑った。

「急にどしたの。こわい夢でも見たの？」

「ちがう。そういうことじゃない」

カオルは両手で頭を抱えると、声を震わせた。

「私は人を殺した。大切な人を、この手で」

どうやら、冗談を言ってるわけではないらしい。

――でも、人を殺した？　そんなことは絶対にありえない。

「ふうん。それで、だれを殺しちゃったの？」

私はあえて軽い口調で訊《たず》ねると、カオルの隣に座った。彼女の顔を真横から覗《のぞ》くと、目は虚《うつ》ろで、凍えるようにカタカタと歯を鳴らしている。

「ねえ、リン」

カオルは私の名を呼ぶと、浜辺の果てを指差した。

「一緒に来てくれないかな。向こうに死体があるんだ」

「死体？　なんにも見えないけど」

大袈裟《おおげさ》に首を傾《かし》げると、カオルは声を張り上げた。

「岩場の向こうだよ！　せめて埋葬をしてあげなくちゃ。お願い、手伝って」

「ちょっと落ち着いて。きっと疲れているんだよ」

「嘘《うそ》じゃない！　私がこの手で、彼を……」

「彼？」

私は喚《わめ》き散らすカオルの両肩を摑《つか》んで、強引にこちらを向かせた。

「お願いだから、しっかりして。人を殺した？　そんなことできるわけがない」

強く否定する。そして残酷な現実を、自分たちが置かれている状況を突きつけた。

「ここは無人島でしょ。私とあなた以外の人間は、だれもいないんだよ」

ある夏——横浜《よこはま》港からサイパンに向かっていた豪華客船「弥生《やよい》号」は、フィリピン海を航海中に、船内の火災が原因で沈没した。

八百人を超える乗客の多くは、迫り来る炎から逃れるため、ライフジャケットを身に着けずに海へと飛び込み、おそらくはそのまま帰らぬ人となった。

私は運よくこの島に流れついたものの、船が沈没した時のショックのせいか、当時の記憶が朧《おぼろ》げになってしまっている。

この島には、私が流れ着く前にすでに〝男〟がいた。

男は記憶が曖昧な私に、いつも話をしてくれた。

男も弥生号の乗客で、海に投げ出された時に溺れずにすんだのは、偶然手にしていた炭酸飲料のペットボトルが浮き輪代わりになったかららしい。

５００㎖の小さな容器を抱きしめたまま、暗い海の中を一晩中漂い、朝日が昇ると遠くにこの島が見えた。最後の力を振り絞って上陸すると、鬱蒼《うっそう》と生い茂る森と、白い砂浜、それ以外は何もない小さな無人島だった。

そして、孤独に耐えられず絶望していると、私がこの島に流れついたのだという。

だが男はある日、忽然《こつぜん》とこの島から姿を消した。

島中をどんなに捜しても見つからず、かといって、泳いで島を脱出したとも考えられない。やがて男と代わるように、カオルがこの島に流れ着いた。

それからカオルとの無人島生活が始まった。いつか必ず、救助が来ると信じて――。


潮風が体を通り過ぎて、我に返る。

カオルはさきほどの一言で冷静になったのか、俯《うつむ》いたまま動かない。

今はそっとしておくことにして、私はまっさらな砂浜を歩き出した。念の為、彼女の言ったことが本当かどうか、自分の目で確かめる。

ただ、岩場の向こう側に出ても、見慣れた景色が延々と続くだけだった。

カオルが殺したという〝彼〟の死体は、どこにも見当たらない。

あたりまえだ。ここは、無人島なのだから。

それではなぜ、カオルは「人を殺した」などと口走ったのか。長い無人島生活のせいで、精神がまいってしまったのか。

遠くで、気味の悪い鳥の鳴き声が聞こえる。結局、原因は他に考えられなかった。

私たちがこの島に漂着してから、どれほどの月日が経《た》っただろうか。少なくとも、人の心を壊すのに十分すぎる時間が流れた。

それに、助かる見込みが完全になければ、いっそ楽なのかもしれない。

私たちはこの島で、遠くを通り過ぎる船を何度も目撃しているのだ。

それなのに、距離が離れているせいか、船に向かってどんなに助けを求めても、私たちの叫び声が届くことはなかった。

風が少し冷たくなった。雲の様子を確かめようと顔を上げた瞬間、私は目を疑った。

「あ、あぁあっ……‼」

大海原《おおうなばら》の果《は》てから、一隻《いっせき》のクルーザーがこちらに向かってくる。いつものように、右から左へと通り過ぎるのではなく、明らかにこの島を目指していた。

やがて、クルーザーの中から四人の男女が姿を現し、私から五十メートルほど離れた砂浜に上陸した。

ついに、助けが来たんだ。私は叫び、手を振り、走った。

急いで彼らの前まで駆け寄ると、荒い息を整えながら、その面々を確認する。

一人はサングラスをかけたアジア人。他の三人は日本人の若い男女だ。

「わあ、綺麗《きれい》な島。砂浜に足跡ひとつないじゃん」

「そりゃそうだろ。無人島なんだから」

三人組の若者は、私のことなど気にも留めずに島の景色を眺めている。

サングラスのアジア人は彼らのガイドなのか、流暢《りゅうちょう》な日本語で話しはじめた。

「ハーイ、みなさん！　ここはその昔、とある日本人の男性が漂流した無人島です」

三人組が興味深そうに耳を傾ける。ガイドは陽気な口調で続けた。

「〝ヤヨイ号沈没事件〟ですね。その船の乗客だった日本人は、この島に流れつき、およそ十年もの間、たった一人で生き延びたそうです」

「この島で十年？　ひゃあ、俺なら寂し過ぎて死んじゃうよ！」

若者の一人が驚愕《きょうがく》する。ガイドはにこりと白い歯を見せて笑った。

「ええ、普通は耐えられないですね。なので、彼は孤独を紛らわすために自分だけの心の隣人を生み出しました。〝イマジナリー・フレンド〟というやつですね」

三人組がざわつく。ガイドはその反応を楽しむように続けた。

「彼は船が沈没した時、ペットボトルを浮き輪代わりにすることで溺れずにすみました。はい、世界一有名なあの赤いラベルの炭酸飲料です。あのボトルのデザインは独特で、まるでグラマラスな女性のボディラインのようですね。実際に、無人島で一人ぼっちだった彼には、単なるペットボトルが、だんだんと美しい女性に見えるようになったそうです」

「その漂流者、想像力ハンパないっすね。名前はコカちゃん、とか？」

ギャハハと笑い声が飛び交う。

「孤独を紛らわす隣人という意味を込めて、〝リン〟と名付けたそうです。彼はリンを実在する女性だと心から信じるようになりました。常にリンに話しかけて、時には喧嘩《けんか》をし、誕生日を歌って祝い、魚や果実を獲《と》る時も、きちんと二人分用意するほどだったそうです。そして、漂流してから十年が経《た》ち、島の近くを通りかかった漁船に発見され、彼は一人救助されました」

「え、リンはどうなったんですか？」

若い女性が訊ねると、ガイドは芝居がかった態度で肩をすくめた。

「彼女はこの島に置き去りにされました。漁船の乗組員が島にやってきた時、彼はすでにしゃべる体力もないほど衰弱しており、傍《そば》にあったペットボトルを置いたまま船に運び出されてしまったのです。ヤヨイ号沈没事件から、すでに五十年が経ちますがひょっとしたらリンは今もこの島で、無人島生活を続けているのかもしれませんね」

三人組は感嘆の声を上げた。ガイドが悪戯《いたずら》っぽく笑う。

「それじゃ、船に戻りましょうか。オニイサンたちは太っ腹だから特別に連れてきたけど、この島は現在、稀少《きしょう》な野鳥の営巣地なので上陸は禁止されてるんです」

ガイドが三人組を引き連れて、島から引き揚げる。

その場で立ち尽くす私をよそに、クルーザーはエンジン音を響かせながら、あっという間に水平線の彼方へと消えていった。


さざ波が音を立てるたびに、朧げだった記憶が蘇《よみがえ》る。

私は、かつてこの島にいた漂流者が生み出した空想の産物だったが、長年に亘《わた》って、異常ともいえる熱情で接せられるうちに、やがて自我を持つようになった。

だが、自分を生み出した男は救助され、私は一人この島に取り残されてしまった。

いつしか私は孤独を紛らわすため、自分を生み出した男と同じように、自分だけが見ることができる心の隣人を生み出した――それがカオルだ。

つまり彼女は、イマジナリー・フレンドのイマジナリー・フレンドなのである。

それから私とカオルは、だれも立ち入ることのないこの島で、何十年も来るはずのない救助を待ち続けていた。

力無い足取りで岩場の方までもどると、カオルの姿があった。

彼女は犬のように四つん這《ば》いとなって、砂浜に穴を掘っている。私の存在に気づくと、悲痛な表情で訴えた。

「リン、あなたも手伝って！　何度やっても、ちっとも穴が掘れないの。これじゃ、ユウタの死体を埋められない……」

彼女の手元に目を向けるが、砂浜はまっさらなままだった。

カオルがこの島でだれを殺したのか、ようやく分かった。

「あなたがいけないのよ、ユウタ……私がいるのに、他の女と寝たあなたが！」

カオルは何もない空間に向かって叫んだ。おそらく彼女の目には、そこにユウタと名付けた男の死体が横たわっているのだろう。

カオルが殺したのは——自身の心の隣人だ。

私の孤独から生み出されたカオルもまた、この島で自身の伴侶となる隣人を生み出していた。そして、その隣人もまた、自身を慰める隣人を生み出し……。

おぞましい連鎖がこの島で起きている。私は思わず周囲を見回した。

白い砂浜にはさざ波が煌《きら》めき、鬱蒼《うっそう》とした森は風に吹かれて揺れている。

無人島であるはずのこの島に今、一体どれほどの〝隣人〟がいるのだろうか。

遠くで、気味の悪い鳥の鳴き声が聞こえた。

熊とG

柏木伸介

人を殺してしまった。

おれではない。熊だ。それも、花の東京からはるか遠く離れた某県での出来事だった。亡くなられた方には言葉もない。心からご冥福《めいふく》を申し上げる。

その県は、一種の狂乱状態に陥ってしまった。奥深い山間部もそうだが、市街地に熊が出てこようものなら大ニュースとなる。即座に県民総出で捕獲、殺処分された事例も少なくないそうだ。その様子は全国に伝えられ、マスコミはもちろんネットでも大変な話題になっているという。

おれはある安アパートで暮らしている。住民票こそないが、れっきとした東京都民である。日本の首都、その一翼を担う存在だ。

ここは、単身者向けのワンルームだ。古い物件だった。東京の家賃がいくら高いと言っても、この部屋ならば大したことはない。その程度の住まいである。壁が薄くて、隣の暮らしぶりまで筒抜けだった。

隣の部屋に住む女は派遣社員だ。三十過ぎで、男性アイドルの追っかけだけが生きがいときている。

元々は、そこそこ名の通った企業に勤務していた。激務と、追っかけの時間が取れないことで退職した。激務はともかく――日本のブラックな就労状況は何とかならないものか――追っかけの時間って何だよ。そんな有様だから、老後の資金など貯《たくわ》えは一切ない。他人ごとながら、心配になってしまう。

話を熊に戻そう。なぜ、熊が人を殺してしまった話をしたのか。

隣の女は熊が大好きなのだ。狭い部屋に大量の熊グッズが所狭しと並べられている。

加えて、熊被害に遭った某県の県庁にクレーム電話を入れ続けているのだ。毎日のように、仕事をサボってまで。

「どうして、可愛《かわい》いクマちゃんを殺したりするの！　頭おかしいんじゃないの‼」

頭おかしいのは、お前だ。断っておくが、熊に同情するのは構わない。むしろ全人類が、熊を抹殺しようとする方が問題だ。ニホンオオカミやニホンカワウソみたいになってからでは困る。ここで訴えたいのは、この女のGに対する態度なのだ。

家主の女は、Gが大嫌いだった。見つけ次第、即座に殺処分しようとする。G即斬《そくざん》である。しかも、この女による殺害方法は撲殺に限定されている。凶器はスリッパ一択。この血塗られた凶器によって、何人も血祭りに上げられてきた。ドラッグストア等へ行けばいくらでも様々な殺虫剤が売られている。予防的効果がある物も少なくない。なのに、何ゆえにスリッパなのか。きっと、残忍な性格なのだろう。

そこで、この残酷な生命体を〝スリッパ女〟と命名することにした。国際法にも抵触しないはずだし、国連安保理も納得することだろう。平和に暮らすGを脅かす紛争当事者、非難決議が待たれるところだ。

つまり、声を大にして言いたいのは、なぜ熊は助けようとするのに、Ｇは殺すのか。

Ｇは、実に無害な存在だ。熊のように、狂暴かつ凶悪な生物とは違う。人や家畜はおろか、作物さえ襲わない。Ｇが人間を襲ったなんて話を聞いたことがあるか？　人を殺すどころか、嚙《か》みついたことさえない。慎《つつ》ましく、人類の皆様からいただいたお下がりを食して生きているのである。ゴミを漁《あさ》っているだけだと言われたら、それはそうかも知れないが。

人が現れたら、すぐに道を譲る控え目な性格の持ち主だ。近所の温厚なお爺《じい》ちゃんやお婆《ばあ》ちゃんだって、Ｇほど穏やかに振る舞えるものではない。

あいつらは不潔極まりない生き物で、病原菌をまき散らしているだろうって？　そんなのはデマだ。偏見に過ぎない。ネット民が大好きな、何とか特権と同じである。蚊や、鼠《ねずみ》にたかる蚤《のみ》と勘違いしているんじゃないか。確かにマラリアや日本脳炎、ペストなどは恐ろしい病気だ。だが、Ｇとは関係ない。だいたい血さえ吸わないのに、どうやって病気に感染させるというのか。

貴様らは、存在自体が病原体の塊だ？　それは一理ある。確かに、Ｇは清潔とは言い難いだろう。だが、地球上の生物なんて皆そうじゃないか。野生の生物はもちろん、人間が飼っているトイプードルやスコティッシュフォールドだってそんなに清潔か？　人間だって見てみろ。ケツの穴や足の裏まで無菌状態だと誇れる奴がいるなら、その場で手を挙げてみるがよい！

散らかった場所が好きな汚物塗《まみ》れの虫に違いない？　性格まで汚れているような言い方するんじゃない！　Gより、もっと性根の腐った人間なんかいくらでもいるだろ。某政党とか。

だが、整理整頓された部屋だと遮蔽物がない。安心して暮らせないのだ。すぐに人間から狙われてしまう。すぐ身を隠せる場所が多数ないと、安心して暮らせないのだ。塹壕《ざんごう》だらけの戦場みたいな場所。安全を確保できる環境が必要なので、仕方なく散らかった場所で生活しているだけなのだ。Gを汚い環境に押しこんでいるのは、人類そのものだと自覚しろ！

あいつらは、火星で進化して人類を滅亡させようとしているだろうって？　あのマンガ、マジふざけんなよ！　あんなのヘイトスピーチじゃねえか。あれ、Gじゃなくて、○○人とか××人とか外国人だったら、人種差別で国際問題だぞ。

見た目が気持ち悪いから、Gが殺されるのは仕方がない。仕方がないで済むか！　お前の顔だって充分キモいわ。

〝スリッパ女〟とかがやってることは、夜道でビジュアルがショボいオヤジとすれ違うたび、スリッパでしばき上げるようなものだ。犯罪だろ、それ。見た感じ気色悪いから殺していいって、どんな無法地帯の狂った独裁国家なんだよ。何やっても無罪放免なのは、この国の阿呆《あほ》な政治家だけにしてくれ！

たくさん発生するから、一匹や二匹死んだってどうってことないだろうだと？　冗談じゃない。命は、一人ひとりかけがえのないものじゃないか‼

　つまり、人間はGが嫌いなだけなのだ。嫌いなら殺していいのか。確かに、人類は同胞同士で嫌いな奴と殺し合いをしている。でも、おかしいだろ、そんなの。そんなら、復讐《ふくしゅう》すればいいじゃないか。そんな声も聞こえてきそうだ。そんなことできるはずがないだろう。また、しようとも思わないはずだ。Gは、極めて謙虚な生き物なのだ。身の程をわきまえるのが、人類と昆虫の違いとも言える。

　カーテンを開け放した窓から、晩秋の光景が見える。大都会東京にも冬は来る。Gの寿命も、もうすぐ尽きるだろう。年は越せないと思われた。

　隣から物音がする。ろくに掃除もされず、散らかり放題の部屋。〝スリッパ女〟が推すアイドルグッズのほかに、無数の熊たちが並ぶ。特に、黄色い熊のキャラがお気《や》に入りらしい。どっかの国の偉い人に似ていると評判のあいつだ。彼に触れるのは止めておこう。まだ命が惜しい。

　熊の列、その隅っこに埃《ほこり》を被《かぶ》った黒い熊のぬいぐるみがある。タータンチェックのスカートを履《は》いた女の子の熊だ。いつも優しい瞳で見下ろしてくれている。〝ビーナスちゃん〟――心の中でそう呼んでいた。殺伐とした空間の中で、唯一の心の癒しと言える存在だった。

今日も〝ビーナスちゃん〟と目で語り合った。言葉は通じないけれど、彼女の微笑《ほほえ》みさえあれば充分。この辛《つら》い生活もやり過ごせるというものだ。

夜になった。蛍光灯が、荒れ放題の部屋に無数の翳《かげ》を作っている。ディナーへ向かおうと思うが、〝スリッパ女〟に発見されたら大変なことになる。

この女には、スリッパでGを叩《たた》く以外に取柄というものがない。少子高齢化が進む危機的状況下において、こいつの頭は推しのアイドルと熊しかない。別に結婚しろとか、子ども産めとか言わないから。バクテリアだって、もう少し地球の未来を考えてるぞ。昆虫にこんなこと言われて恥ずかしくないのか。霊長類としての誇りを持てよ。

〝スリッパ女〟に動きがあった。推しのアイドル名を呟《つぶや》きながら、妄想の世界に浸っている。とっさに隠れた。深夜になって、女が寝静まるまで待つことにする。このときだけは、汚い部屋の遮蔽物に感謝するしかなかった。

空腹を抱えながら、つくづく考えた。熊とG。同じ黒い生き物なのに、どうしてこまで扱いが違うのだろう。Gだけがなぜ嫌われるのか。これって差別じゃないか。

人間は差別する生き物だ。それも、よく知らない相手を差別する。熟知している者に対して差別をすることはない。

人間は熊には関心を持つけれど、Gに興味などない。考えるのも嫌。その辺りが本音だろう。Gの知識なら誰にも負けないぜ。そんな奴がいたら、それはそれで引く。

人間同士も同じだ。よく知らないから、警戒して差別する。挙げ句の果てに、戦争だ虐殺だとろくでもない真似《まね》をしでかす。わずかな気遣いで平和になると思うんだが。

電気が消えた。ふたたびディナーへ向かう。〝スリッパ女〟はロクな物を食っていない。暗がりに〝ビーナスちゃん〟の微笑みが浮かぶ。胸が熱くなった。

翌朝。〝スリッパ女〟は仮病で会社を休んでまで、某県庁にクレーム電話を入れている。日本の経済発展のために働け。GDPを何と心得ているのか。

「罪のないクマちゃんを殺したりして。そういう真似をね、ジェノサイドっていうのよ。国連でも問題になってるんだから。知らないの！」

お前が言うな。Gにやってることこそジェノサイドだ。ニュースも見ないくせに。外国で何が行なわれているかなんて知らないだろ。県庁に電話をかけるなら、その国にも電話しろ。無駄に生きてないで、世界秩序に貢献したらどうだ。

〝スリッパ女〟は背を向けている。動き始めた。朝を爽やかに目覚めるため、一日だけ〝ビーナスちゃん〟の微笑みが見たかったのだ。

「きゃあ！　ゴキ――」

油断した。必死で逃げ出す。走った。力の限り疾走した。女がスリッパを手にする。フローリングの床に叩きつけられた。女の攻撃を、かろうじて避けた。

Gよ、思い出せ！　お前の背中には、明日を目指すべき羽根があることを。行け、翼を広げろ。翔《と》べ、G。未来へ向かって——。

飛んだ。だが、勢いがつき過ぎたか、〝ビーナスちゃん〟にぶつかってしまう！

ばちこーん‼

全身に衝撃が走った。意識を取り戻したときには、埃だらけの床に横たわっていた。力が入らず、指先一本動かすことができない。速度を落としたのが敗因らしい。

「汚ーい。ティッシュ、ティッシュ！」

〝スリッパ女〟が騒いでいる。もう駄目だろう。でも、〝ビーナスちゃん〟とぶつからずに済んだ。それだけで満足だ。薄れゆく意識の中、最期に思った。

——生まれ変わったら、熊になりたい。

（了）

原稿を書き上げ、おれは、パソコンをシャットダウンした。これで、人類は少しでも平和で平等になるはずだ。いい仕事をした。おれは自己満足にふけっていた。

部屋の中、視界の隅で黒い物が動いた。おれは、スリッパで叩いた。

不潔な虫だ。ちょろちょろしやがって。この安アパートにもうんざりだな。

おれは某県庁に電話を入れた。「熊を殺すんじゃない‼」

友達なんかじゃないよ　秋尾秋

人を殺してしまった。

那子《なこ》が婚約者と住むはずだった家で、背後から彼女の首を絞めた。殺したくはなかった。けれどもう、こうするしかなかった。

翌朝、私は第一発見者という体で警察に連絡した。彼女は婚約者と別れているし、家族とも疎遠で一人ぼっち。私くらいしか話し相手はいなかったから自殺してもおかしくないと泣きながら説明した。思った通り、那子は自殺と判断された。

警察の事情聴取が終わり、自分の家に帰った時には安堵《あんど》からその場に崩れ落ちた。那子を殺した時の感触を確かめるように拳を握る。私の後ろをついて歩く那子の姿が脳裏を掠《かす》めた。あの頃は、幸せだった。

殺した事に後悔はない。ただとても、昔が懐かしい――。


那子との付き合いは小学生の時からだ。彼女は自分が一人になる事を恐れており、「ずっと一緒だよ」が口癖だった。いつも私の背後をついて回り、私に執着していた。

彼女は父親から虐げられていたから絶対的な味方がほしかったのだろう。そんな彼女から頼られるのが嬉《うれ》しくて、「ずっと一緒」と私も返していた。

那子が変わったのは、中学校に入ってすぐ。父親が自殺してからだった。正確に言えば、父親は〝殺された〟。那子の母親の手によって。

なぜ知っているかというと、私には霊感があったからだ。目を瞑《つむ》った後に合掌し、五秒後に瞼《まぶた》を開けるという儀式をおこなうと、死後の人間が見える。

小さい頃からこの能力のせいで周りから虐げられてきたし、事実を知るのは怖いから使いたくはなかったが、それでも儀式をしたのは那子が心配だったからだ。嬉しそうに笑う那子を見て「まさか那子が殺した？」と不安になった。

そうして儀式をしたところ、那子の母親の背に父親がおぶさっているのが見えた。半透明な那子の父親は、首をぐっと伸ばして母親の顔を覗《のぞ》き込んでいた。

心霊番組で霊能力者が言っていた事を思い出す——自分を殺した人間を知っていればその相手に取り憑《つ》きずっと顔を見続ける。

那子の母親が父親を殺した。動揺はあったものの、私はその事実を誰にも言わず、自分の中に仕舞った。

私は那子が笑うようになって嬉しかった。自分に自信を持てたのか、話し方も明るくなり可愛《かわい》さも増した。そのおかげか、那子は社交的になり友人が増えていった。

ただ、その変化は私たちの関係性をも変えた。

那子は私の後を追うのをやめた。そして、ひどい言葉を言うようになった。

「話しかけないで」、「幽霊が見えるとか気持ち悪い」、「嘘吐《うそつ》き」。

私は嘘なんて吐いた事がない。反論したかったけれど、うまく言葉にできなかった。

今度は私が那子の後を追うようになった。一緒にいるのが当然だったし、また笑い合えると信じていたからだ。那子はそんな私を見て、いつも嬉しそうに笑っていた。

高校に入ると那子はさらに変わった。化粧をし、髪を染め、人付き合いはステータスを重視し、男に媚《こ》び、夜遊びに興じて家に帰らない事も増えた。那子がどんどん変わっていく。私の後を追っていた那子はどこへ行ったのか。その変貌が心配だった。

二年生に進級し、高校で初めて那子と同じクラスになった。嬉しくて話しかけようとしたが、その度周りにいる人間が壁を作って那子から私を遠ざけた。

そんな日々が続いた夏休み前、生徒指導室に呼び出された。

「お前、高橋《たかはし》の事をいじめているって本当か」

私が那子をいじめるなんてありえない。驚いて声が出せなくなった。教師が続ける。

「高橋がな、泣きながら相談してくれたんだ。お前に暴力を振るわれたり金を取られたりして困っているって。高橋の友達も、お前がいじめているところを見たって言うんだよ。お前たちは小学生の時からの友達なんだろ。どうしてそんな事をしたんだ」

「ち、違います。私、そんな事、していません」

「でもな、証拠があるんだよ」

見せられたのは、那了が私から受け取ったというメッセージの写真だった。そこには『明日までに五万』、『ないんだったらパパ活してこいよ』と書かれていた。

「私、そんなの送っていません！」

「お前は真面目《まじめ》な生徒だって信じていたんだけどな」

教師は私を蔑んだ目で見ていた。まったく私の言い分には取り合ってくれず、否定すればするほど心証が悪くなっていく。スマホを見せたところで潔白は証明できないだろう。絶望に打ちひしがれる私に教師は言った。「お前には退学してもらう」

厳しい学校とはいえ退学になった事に動揺が隠せなかった。言い返す事もできず、ふらつく足で生徒指導室を出る。嘘だと思いたくて教室へ向かった。

教室に入ると皆一斉にこちらを見た。全員事情を知っているようだ。そこに私の無実を信じる者はいない。人間関係を疎《おろそ》かにしていた結果なのだろう。

那子は私を見て笑っていた。

「那子、どうして？　私たち、友達なのに」

「え、何？　怖い」と那子は眉を下げた。いつもなら間に入る那子の友人も、今日は遠くから野次を飛ばすだけで近寄ってはこない。那子が私にだけ聞こえる声で言う。

「友達じゃないよ。あたしはあの頃の自分が嫌いなの。捨てたいの。なのにヒナは、昔はこうだったよねってそればっかり。いい加減にしてよ」

いじめを捏造《ねつぞう》された事より、那子が昔の自分を捨てたいと思っている事がショックだった。いつかは昔に戻れる、そう願っているのは私だけだったのか。頭には二人でいた時の思い出がぐるぐると駆け巡っていた。

退学してからの私は死に物狂いで勉強した。高卒認定を取得し、自分にとってレベルの高い大学を受験した。合格できたのは奇跡だった。

大学では勉強だけでなく人付き合いに励んだ。得意ではないファッションや化粧を頑張り、自分を変えて交友関係を広げた。その中には那子と知り合いの子もいて、たまに那子の話が出ると胸が苦しくなった。

大学卒業後は大手企業に就職した。部署に配属されて早々、同じ部署の先輩と仲よくなった。芳樹《よしき》先輩は困った事があるとすぐに相談に乗ってくれる優しい人だった。

芳樹先輩にお礼のお菓子を渡すうちに二人でご飯を食べるようになり、プライベートでも会うようになった。社内の人間には私と芳樹先輩が親しい事は内緒にしていた。知識も豊富で容姿も整っている彼は、女性社員からの人気が高かったからだ。

那子と再会したのは就職して五か月後の事だった。行きつけの喫茶店に彼女はいた。私に気付いた那子の方から話しかけてきた。上目でこちらを窺《うかが》う仕草は小学生の時の那子を思い出させる。また話ができて嬉しかった。

久しぶりの会話は弾み、大学生活から会社の不満話になった。

「あたしの会社、給料安いし残業多いし最低だよ。ヒナはどこ勤めてるんだっけ？」

「四葉《よつば》商事だよ。給料はまぁ、いい方かな。残業も少ないし」

「え、あの四葉商事？　うっそ、すごい……ね、ねぇ、いい人とか見つかった？」

「芳樹先輩って人に、よくしてもらっているかな」

照れながら言うと那子が食い気味に言った。「恋人？」

「ち、違うよ。ただの会社の先輩。女性社員からすごく人気のある人なんだから」

「そうなんだ。あ、紹介してよ。ヒナの知り合い、見てみたいな」

気付いた時には日程が決まっていて、那子に芳樹先輩を紹介していた。

那子と芳樹先輩はすぐに仲よくなった。それから那子が私に連絡する回数が増え、三人で遊ぶようになった。楽しかった。きっとまた昔みたいに戻れる、と期待した。

けれど少しして、那子からの連絡が途絶えた。おかしいと思って芳樹先輩に尋ねると、付き合っているのだと気まずそうに教えられた。

不快感が襲った。どうして――そう思った時、自分の気持ちに気付いた。

再び那子から連絡があったのは半年後。結婚の報告だった。相手は芳樹先輩で、すでに新居も構え一緒に暮らす準備を始めている、と勝ち誇った声で言った。

「彼がね、ずっと一緒にいようってプロポーズしてくれたの」

その言葉を聞いても、私は冷静だった。理解したからだ。那子が生きている限り、私の幸せは手に入らない――と。

頃合いを見て、私と芳樹先輩がベッドに入っている写真を那子に送った。二人が婚約した後に撮ったものだ。それがわかるように日付も入っている。那子よりも私の方が芳樹先輩との付き合いは長い。誘い出すのは簡単だった。

ほどなくして那子から連絡が来た。那子はすでに芳樹先輩と住む家に引っ越していて、そこへ私を呼びつけた。

「芳樹さんと別れた。どうしてこんな事するの？　あたしたち、友達でしょ。ヒノも彼の事、好きだったの？　でも、何も言わなかったよね」

「私たちの約束、覚えている？」

「約束？」那子が顔を顰《しか》める。「知らないわよ」

「だと思った。那子が話しかけてくれた時、約束を覚えていたんだって、嬉しかったんだよ。でも、そうじゃなかったんだもんね」

「意味わかんない。もしかして、高校の時の復讐《ふくしゅう》？　それで嫌がらせしてきたの」

「復讐なんかじゃないよ」

「嘘吐き！　それ以外に何があるって言うの」

懐かしい言葉に思わず笑い声が漏れる。那子は顔を真っ赤にし、表情を隠すように私に背を向けた。「ごめん」と謝りつつも笑いは止まらなかった。

「私は那子に嘘を吐いた事、ないんだよ。でも那子は、嘘吐きだよね」

ポケットから紐《ひも》を取り出し、私は那子の首を絞めた――。

この想いは届かない。ならせめて、どんな形でもいいから彼女と一緒にいたかった。

例え、那子が生きていなくても——。

目を閉じて合掌し、五秒後に瞼を開ける。

私の顔を見る那子の顔があった。

「ずっと一緒、だよ」

良識なき通報　浅瀬明

人を殺してしまった。激しい衝撃から数秒、カエデはゆっくりと顔をあげた。目の前のボンネットは大きく凹《へこ》み、ひびの入ったフロントガラスには、血が飛び散っている。その凄惨さに息を呑《の》む。衝突の直前の光景がまだ脳裏に焼き付いていた。けたたましいブレーキ音と、エリの甲高い悲鳴。夜の暗闇で、人のようなものがボンネットを跳ねて視界を塞いだ。急ブレーキの衝撃でシートベルトが食い込み、耐え切れず目を閉じる。ぶつかる音が数回連続した後、やっと車が停止した。

カエデはシートベルトを少し緩めて、左側の窓からそっと地面を窺《うかが》った。街灯のない田舎《いなか》道はあまりに暗く、近くの地面しか見えない。車の後方を見るのが怖い。何かが転がっているとすればそちらにある気がしていた。サークルの卒業旅行の帰り道、賑《にぎ》やかだった車内の雰囲気はこの衝突によって一変してしまった。

いつまでも続きそうに感じられた沈黙を破ったのは、後部座席に座るリョウだった。

「コースケ、お前、スピード何キロ出してた」

冷静を装ってはいたが、声は震えていた。

「たぶん、八十キロくらい」

「出しすぎじゃない！」

助手席のエリが間髪入れずにヒステリックな声を上げた。それに呼応するようにコースケも声を荒らげる。

「早く帰りたいって言ったのはエリだろ」

コースケにとっては地元のよく通る慣れた道でもあったし、深夜を回っていて他に車も通らない。少しぐらいスピードを出しても大丈夫だと気が緩んでいたのだろう。

「私のせいってこと？」

エリが泣きそうな声を上げる。

「きっとな、小鹿みたいな、動物やったんちゃう？」

後部座席からカエデが期待を込めるように口にしたが、他の三人からの返事はなかった。ただの動物ではないと皆が確信しているようだった。しかし、人を轢《ひ》いたのかもしれないと分かっているのに、誰も警察を呼ぼうとはしていない。車外に出て、事故の被害者を探すこともしない。じっと座ったまま、目だけを伏せている。

「逃げるなら早い方がいいよな」

そう切り出したのはコースケだった。

「馬鹿言うな。こんな凹んだ車が道を走っていたら目立つだろ」

この中ではリョウが一番落ち着いているようだった。

「でも、夜だし、茨城のこんな田舎だぞ。さっさと車を隠しちゃえば」

「コースケ、これは俺の親父の車だからな。俺は家に帰ってなんて言えばいいんだよ」

「ねえ、ちゃんと警察に通報しようよ」

エリが懇願するように話を遮ると、コースケが険しい顔で睨《にら》みつけた。

「お前はいいよな。助手席の私は関係ないって言えば、警察に捕まることはないと思っているんだろ。でもな、運転していた俺は無理だろ。これで完全に人殺しだよ。だいたい、お前が運転中にインスタの画像なんて見せてくるから」

「また私のせい？」

コースケは苛立《いらだ》たしそうにハンドルを拳で叩《たた》いた。

「そうだろ、お前のせいで俺の人生は終わったんだよ」

「エリもコースケも、落ち着けって」

二人を宥《なだ》めようと、リョウが後部座席から身を乗り出す。

「それと、カエデはこんな時に何をさっきからスマホばっかりいじってるんだよ」

カエデはちらりと顔を上げたが、またすぐにスマホに視線を戻す。

「調べなあかんやろ、こういう時のこと」

「それで、グーグル様はどうしろって？」

調べて出てくることなんて被害者の手当てと警察への通報に決まっているだろうとカエデは思ったが、リコウには肩をすくめてみせた。

「どうしたらええかは知らんけど、おそらく実名で報道はされるやろね。もしかしたら、うちら四人とも」

「真っ先に調べることが、それかよ」

悪態をつくようにリョウは吐き捨てたが、それをカエデは鼻で笑った。

「リョウが気になっとるの、本当はそこやろ。これが実名報道されてしもうたら、うちらの内定は取り消されるかもしれんしな。あんたの場合、お父さんの選挙も近いんやろ。人を轢いた車のナンバーから最初に特定されるのが市長ってのもえらいスキャンダルやな。市長の息子を含む大学生四人が、危険運転で人を轢いて殺害って」

リョウは苦虫を噛《か》み潰したような顔で頭を抱えてから、長い息を吐いた。

「とりあえず、轢かれた人がまだ生きているか確認しよう」

リョウがひとり車を降りたが、他の三人はその場から動かなかった。コースケは恐る恐る、窓からリョウの様子を窺っている。エリは肩を震わせて、ずっと視線を自分の足元に落としていた。

「なあ、リョウのお父さんに揉《も》み消してもらえばええんちゃう?」

カエデは明るい口調で提案してみたが、車内の空気は重たいままだ。

「事故をなかったことになんてできないだろ」

「でも、報道に名前を出さんように圧力かけることはできるんやろ。うちがこのサークル入る前に、そないなことあったって聞いたで」

二年前に大学で自殺者が出た。亡くなった女子学生は所属していたサークルでトラブルを抱えていたらしいが、詳しいことは報道されなかった。

バックミラー越しに驚いた顔のコースケとカエデの目が合った。

「お前がなんで知ってるんだよ」

「噂《うわさ》で聞いただけやって。できるなら、これかてそうしてほしいやろ」

「できることならな」

コースケがその一言でこの会話を終わらせたがっているのが分かって、カエデは口を噤《つぐ》んだ。コンコンと窓を叩く音がして、右側の窓を見るとリョウが戻ってきていた。

コースケが運転席の窓を開ける。

「どうだった？」

「轢いたのはかなり高齢のおじいさんだった。息も脈もたぶんない」

ライトの光のせいか、外に立つリョウの顔色は随分と白く見える。

「たぶんって」

「俺は医者じゃないんだ。そんなちゃんとなんて分からないだろ」

リョウの苛立ちを察したのか、コースケはすぐに謝った。

「悪い、そうだよな。で、どうする？」

リョウは意を決したように、車内のエリとカエデにも視線を向けた。

「隠そう。車も死体も」

「嘘《うそ》でしょ。本当に罪を重ねる気？」

エリだけがそれを非難したが、コースケとカエデは小さく頷《うなず》いた。

「リスクを取るんだ。これからの俺たちの人生のために。エリだって、あんなに苦労して取った内定を取り消されたくはないだろう」

エリは大手の化粧品メーカーに内定が決まっている。ずっと憧れていたメーカーなのだと嬉《うれ》しそうに語っていた。

「でも、隠すって、どこに？」

「二キロ先くらいに親父が所有している倉庫がある。そこまでなら、人に見つからずに行けるかもしれない。一旦そこに運んで、あとは親父に相談してみる」

リョウの就職先も最大手の商社だし、コースケは地元のテレビ局から内定をもらっている。それを手放したくないのが、みんな分かりやすく表情に浮かんでいる。

「コースケ、トランクに死体を入れるのを手伝ってくれ。エリとカエデは、車体の血痕を拭いてほしい」

リョウの指示に従って、残りの三人も車から降りた。とても寒く、吐く息が白い。空はよく晴れていて、星が綺麗《きれい》だった。人が死んだ事故の直後とは思えない静けさだ。

カエデは深く息を吸ってから、思い切って車の後方へと視線を向けた。眩《まぶ》しいバックライトが照らすアスファルトに、一つの死体が転がっている。リョウの言うように、年老いた男性のように見える。ぴくりとも動かない。一度そちらを見てしまうと、何かに魅入られるように目が離せなくなる。

トランクが開く音がして、はっと我に返った。リョウとコースケが死体に近づいて行って、リョウが両足をコースケが両手を摑《つか》んで持ち上げる。

カエデは素早くスマホを構えると、死体を持ち上げる二人の姿をカメラで撮影した。カシャっと音がして、二人の視線が素早くカエデに集まる。

「何やってんだよ」

威圧するようにコースケは声を荒らげた。

「いやな。冬美《ふゆみ》の死体を見つけたときもこんな感じやったんかなと思ってな」

カエデが口にした名前に二人の顔が凍り付いた。

「冬美、大学の部室で自殺しとったんやろ。最初に見つけたの、あんたら三人やったらしいやん。でな、冬美のスマホがまだ見つかってないって警察の人がゆうとった。誰かが持ち去ったんやろな。遺書もなかったって話やけど、ほんまやろか」

後ろを振り返ると、エリが口を押さえて震えている。どさりと、死体が地面に落ちる音がした。リョウが手を放して、カエデに詰め寄ってきていた。

「お前はそれが知りたかったから、わざわざ俺たちのサークルに入ってきたのか。でもな、今じゃないだろ。お前も今は俺たちと同じ境遇にいるんだ。このままだと殺人者として、ネットに名前が残り続ける。人生終わるんだぞ」

カエデは黙ったままにこりと笑って、片手を顔の横に出して耳を澄ませる仕草をした。リョウは怪訝《けげん》な顔をしたが、すぐに目を見開いた。風が木をなびかせる音に、わずかにパトカーのサイレンの音が混じっている。

「うちはとっくに警察に通報しとるよ。しかも、あろうことか同級生たちは事故を隠蔽《いんぺい》しようとしていて、彼らから手伝うように脅されとるって付け加えてな。終わりなのはあんたらだけやろ。うちは同調圧力に屈しなかった良識ある大学生や」

カエデはスマホの画面をちらりと見せた。警察宛てのメールの文面と地図アプリの現在地画像。すぐに来てもらえるように、助けてほしいと必死さを滲《にじ》ませる文章にしておいた。そのかいあってか、サイレンの音がどんどん大きくなっていく。

絶望の表情を浮かべる三人を見ていると、カエデの口から自然と笑い声が漏れた。幼馴染《おさななじみ》の冬美が最期に残したはずのものを探すのが目的だったが、望んでいたものよりもずっと良い結果がもたらされた。今の彼らの表情を冬美にも見せてやりたい。

「なに笑っているのよ。人が死んでいるっていうのに」

エリの罵声に、カエデは心外とばかりに両手をあげて見せた。その姿がパトカーのフロントライトで照らされる。

「人が死んどるのに、自分のことしか考えてへんのはお互い様やないか」

ループ　歌田年

1

人を殺してしまった。しかも仲間を。

あなたは自分の隠れ家に逃げ帰る。バイクから降りるとドアを開け、室内に入る。上着を脱ぐとハンガーに掛け、棚の方へ行き、ウイスキーのボトルとグラスを取り出す。ボトルの栓を開け、グラスに酒を注ぐ。一気に喉の奥に流し込む。もう一度同じ動作をし、やっといい気持ちになってきたので、ソファに腰を落ち着ける。

少し考え事をしていると、何かに気が付いたあなたは、隣の部屋に通じるドアへ顔を向ける。不意にドアが開き、男が飛び出して来る。あなたは驚き、飛び上がる。男が懐から拳銃を取り出し、あなたに向ける。男が引き金を引く。銃口が火を噴く――。

2

人を殺してしまった。しかも仲間を。

あなたは隠れ家に逃げ帰る。バイクから降りるとドアを開け、室内に入る（手足を負傷しているのか、ひどく痛む……）。ジャケット（たぶんレザーだ）を脱ぐとハンガーに掛け、棚の方へ行き、ボトル（四角くて黒いラベルだ）とグラスを取り出す。栓を開け、グラスに酒を注ぐ。一気に喉の奥に流し込む。もう一度同じ動作をし、やっといい気持ちになってきたので、ソファ（黒くて四角い）に腰を落ち着ける。少し考え事をしていると、何か（音か）に気が付いたあなたは、隣の部屋に通じるドアへ顔を向ける。不意にドアが開き、男が飛び出して来る。あなたは咄嗟《とっさ》に立ち上がる。男が懐から拳銃（黒くて角張ったオートマチック拳銃だ）を取り出す。銃口があなたに向けられる。男が引き金を引く。銃口が火を噴く——。

3

人を殺してしまった。しかも仲間を。

あなたは隠れ家に逃げ帰る。バイクから降りるとドアを開け、室内に入る（手足がひどく痛む……）。レザージャケットを脱ぐとハンガーに掛け、棚の方へ行き、黒いラベルの四角いボトル（バーボンだ）とグラスを取り出す。栓を開け、中身を注ぐ。一気に喉の奥へ流し込む。もう一度同じ動作をし、やっといい気持ちになってきたので、黒くて四角いレザーソファに腰を落ち着ける（うん？　この一連の行動には覚えがある。〝デジャヴ〟というやつか……？）。

少し考え事をしていると、何かの物音に気付いたあなたは、隣の部屋に通じるドアへ顔を向ける。不意にドアが開き、男が飛び出して来る。あなたは咄嗟に立ち上がる。男が懐から拳銃を取り出す。銃口があなたに向けられる。男が引き金を引く（ああ、まただ！　何とかしなければ！）。

4

人を殺してしまった。しかも仲間を。
あなたは隠れ家に逃げ帰る。あなたはバイク（ドゥカティ900ss、俺の好きな単車だ）から降りる。ドアを開け、室内に入る（うう、手足が痛い……）。ライダースジャケット（ラルフローレンだ。気に入っている）を脱ぐ。ハンガーに掛け、棚の方へ行き、ボトルとグラス（バカラだ）を取り出すと、ボトルの栓を開け、中身のバーボン（ジャックダニエルだ。テネシー産だから正確にはバーボンとは呼べないが、好物だ）を注ぐ。一気に喉の奥に流し込む。もう一度同じ動作をし、やっといい気持ちになってきたので、黒革のソファ（ル・コルビュジエのLC2だ。これも気に入っている）に腰を落ち着ける（やはり……この一連の行動には明らかに記憶がある……。そうかこれが〝ループ〟というやつか！　しかしなぜそんなことがこの俺に……⁉）。

少し考え事をしていると、微《かす》かな物音に気付いたあなたは、隣の部屋へ続くドアに顔を向ける。不意にドアが開き、男が飛び出して来る。あなたは咄嗟に立ち上がる。男が懐から拳銃を取り出す（グロック17だ。オーストリア製のハンドガンで、フレームが合成樹脂製のため生産性が高く、世界中で入手できる）。銃口があなたに向けられる。男が引き金を引く。銃口が火を噴く。あなたは素早く身を翻す。が、男は再び銃口を向ける（しまった、またた！）。

5

人を殺してしまった。しかも仲間を。

あなたは隠れ家に逃げ帰る。ドゥカティから降りると、室内に入る（手足の痛みが増したようだ……）。ラルフローレンのライダースを脱ぐと、ジャックダニエルのボトルとバカラのグラスを取り出す。バカラに注いだ酒を一気に喉の奥へ流し込む。もう一度同じ動作をし、やっといい気持ちになってきたので、コルビュジエのソファに腰掛ける。

少し考え事をしていると、微かな音に気付いたあなたは、隣の部屋へ通じるドアに顔を向ける。不意にドアが開き、男が飛び出して来る。あなたは咄嗟に立ち上がる。

男が懐からグロックを取り出す。銃口があなたに向けられる。男が引き金を引く。銃口が火を噴く（ここまでは覚えている。さて、次はどうする……？）。

（俺は身を翻し銃弾を躱《かわ》した。左足を軸に時計回りに半回転する。左手を伸ばし、グロックの本体を摑《つか》んだ。オートマチック拳銃だからスライドが動かないと発射できないのだ。次に右手を伸ばしてフレーム両サイドの小さな突起＝分解レバーに指を掛けて下に押した。左手で摑んだスライドを前方に引き抜く。グロックはあっさりバフけた！　俺はそのまま左手を後方にずらして男の右手首を摑むと、身体《からだ》を反時計回りに回転させて男の前に入り、右手を男の右手に添えた。男の右腕を捩《ねじ》りながら床に向けて投げる。合気道道場で覚えた〝小手返し投げ〟だ。男はもんどり打って倒れた！）。

あなたは玄関に向かって走り出す。だが、玄関からは別の男が入ってきた（またか！）。

6

人を殺してしまった。しかも仲間を。

あなたは隠れ家に逃げ帰る。ドゥカティから降りると室内に入る（手足の痛みがひどいな……）。ラルフを脱ぐと、ジャックを喉に流し込む。もう一度同じ動作をし、やっといい気持ちになってきたので、ＬＣ２に腰掛ける。

考え事をしていると、あなたは微かな音に気付いて、隣の部屋のドアに顔を向ける。男が飛び出して来る。あなたは咄嗟に立ち上がる。男が懐からグロックを取り出す。銃口が火を噴く。

あなたは銃弾を躱し、左足を軸に半回転する。左手を伸ばし、グロックの本体を掴んで分解してしまう。あなたは男の右手首を掴むと、小手返し投げを打つ。男はもんどり打って倒れる。あなたは玄関に向かってダッシュした。玄関からは別の男が入って来た（俺はこれも投げ飛ばし、ドカに跨《また》がった。エンジンを始動し、走り出した！）。

7

人を殺してしまった。しかも仲間を。

あなたは逃げ続ける（だが奴らは追って来ているはず。このまま追跡されたら宝石の隠し場所がバレてしまう。なんとかまかなければ。とりま適当に走り続けるか……）。

しかし乗っていたドカがスリップして転倒、あなたは遂に男たちに捕まってしまう。

今、あなたは拷問部屋に監禁されている。

男たちはかつての仕事仲間だった。リーダーの指示で奪った宝石を、あなたは独り占めしようとしたのだ。その際、あなたは仲間を殺した。隠れ家に戻って支度をした後、すぐに宝石の隠し場所に移動し、それを回収して高飛びする計画だったのだが、ついに捕まってしまった。

仲間たちはあなたを監禁し、宝石の隠し場所を訊《き》き出そうとした。言わないとチェーンソーで四肢を順番に切り落とすと言う（うう、そんなことは絶対にご免だ！　俺は腕の拘束を確認した。運よく一部が緩んでいるのに気付く。素早く拘束を解くと、チェーンソーの攻撃を躱し、脚の拘束も外した。チェーンソーを奪って反撃し、その場にいる全員を葬り去る！　俺は悠々と部屋を出て行く。再びドカを走らせると、間もなく宝石の隠し場所に着いた。全て回収すると、その足で空港へ向かう。宝石はしっかり偽装されているので、税関も問題無いはずだ。段取りしておいた南米某国行きの飛行機に乗り込むと、間もなく離陸した。心を許し合ったセニョリータとの新生活はもうすぐだ。緊張がほぐれ、俺はすぐに眠りに落ちた……）。

8

俺は、腕と脚の痛みで目覚めた。

「目が覚めたか？」

声の主に目を向けると、それは俺に仕事を指示したリーダーだった！

辺りを見回すと、俺は薄暗い廃病院の錆《さ》びだらけのベッドに寝かされているのに気が付いた。違和感を覚え、頭を起こして自分の身体を見やる。

……！

俺の両腕と両脚が途中から無くなっており、切断部分には包帯が雑に巻かれ、赤黒い血に染まっていた。心臓の鼓動に合わせるように、傷口がズキズキと痛む……。

壁際に、かつての仲間たちがニヤニヤしながら立っていた。白衣の男も一人いた。

チェーンソーの拷問を回避できたと思ったのだが、あれは幻だったのか……。

リーダーは言った。「お前の手足はもらった。仲間を――人を殺してしまったことに対する代償だ。わかるな。しかしお前は切断の激痛にも耐え、お宝の在《あ》り処《か》を吐かなかった。たいしたもんだ！　だから、腕のいい催眠術師を呼び、お前に催眠術をかけた。お陰でお前は、遂にしゃべってくれたよ。お宝は無事回収した」

くそ……そうだったのか！

ループだと思っていたのは、繰り返し催眠術をかけられて見た幻だったのだ……。

酒でいい気持ちになったと思ったのは、たぶん痛み止めの麻薬のせいだろう。

「しゃべってくれたお返しに酒をもう一杯ご馳走《ちそう》しよう。すぐいい気持ちになるさ」

リーダーの指示で白衣の男が前に進み出て、俺に注射器の針を近付けた……。

夜回りファントム　上田春雨

「人を殺してしまった！」

そろそろ終電が来る午前零時十分前。東京都日野《ひの》市の南平不動《みなみだいらふどう》駅の改札前で、この世の終わりみたいな叫び声を上げて、のたうち回っているTシャツのオッサンがいた。

（うっわ）

年齢は五十代くらいで、ドラム缶に大根が四本生えているような立派な体型。それが床に体を打ちつけて慟哭《どうこく》している。帰宅を急ぐ利用客はみんな、なるべくオッサンから遠い改札機を使い、オッサンの周囲だけ空白地帯ができている。

なんとかしないの？　と駅員に目線を送るが、スッと逸《そ》らされた。

（声を掛けるか、否か）

新聞記者としての覚悟が問われている気がする。

駅近くの刑事宅への夜回り（捜査関係者らの帰宅時に待ち伏せして取材する方法）を二十日連続で空振りしているため、もうクタクタだった。早く帰りたかったが、ひとつの考えが頭から離れない。

（万が一、本当に殺してたら、特ダネだよなあ……）

今月初め、多摩《たま》の山奥で、右腕に龍の刺青《いれずみ》が入った遺体が見つかっていた。前科のある女性で、長い髪にワンピース姿。窒息死で、死後硬直していた。公式の場ではそれしか教えてくれない。現場の状況など、それ以上を聞くために、記者は夜回りをする。

（ちなみに、右腕の刺青と前科の件は、故人の名誉のため、各社とも報じなかった）

考える。刑事宅近くのY字路で、石仏と一体化して立ち尽くしていた約百時間は、このオッサンと出会うためにあったのではないだろうか。待ち伏せ中に尿意で持ち場を離れることを恐れて、常に空のペットボトルを携え、ロングスカートを穿《は》くという、人知れず自分の尊厳を削る戦いをしていたことは、無駄ではなかったと思いたい。

（ああ、手柄が欲しい。こっちは負けが込んでるんだよ）

警視庁記者クラブで刑事一課（殺人・強盗・強姦《ごうかん》など）担当に任命されてから、はや五か月。多分、向いていない。他社にスクープを抜かれまくっている。

業を煮やした上司から、「結果出ないなら、枕営業でもしてこいよ」とまで言われてしまった。さすがにそれは無理だと半分泣きながら、毎晩、暗い夜道に立ち続けている。なお、会えたところで、ネタがもらえるとは限らない。むしろ、もらえないことの方が多いけれど、打席に立たなきゃ、逆転ホームランも出やしない。

今日は、電車が残り一本なので、改札で利用客を待ち伏せし、そのなかに目当ての刑事がいなければ、そのまま帰ってしまおうと考えていたところだった。

ええい。気合を入れるため、髪をぎゅっと高く束ねる。

「どうしたんですか」

意を決して、オッサンに声を掛けた。

◇

「幽霊を見たんだあぁぁあああ」

駅前のベンチに、さめざめと泣き続けるオッサンと並んで腰を掛けている。

「絶対、俺のことを恨んで、化けて出たんだ。取り返しのつかないことをした」

オッサンによると、三週間ほど前の深夜、酩酊《めいてい》しながらミニバンを運転し、駅近くの三叉路《さんさろ》でハンドル操作を誤って道端の岩に激突。慌ててターンした際に、何かグニャっとしたものを踏んだ。怖くなってそのまま逃げたが、気になって仕方がなくなり、今日になって徒歩で三叉路に戻ってきたところ、真っ暗な道のわきに、長い髪を垂らしたスカートの女の幽霊が立っているのを見たという。恐怖にかられて、明るい駅の改札前まで逃げ、後悔にのたうち回っていたのが、さっきのことだ。

「恨めしそうに、通行人の顔をひとりひとり、ジッと見ていた。あれは轢《ひ》き殺した俺を探しているに違いない」

「ただの不審者では？　幽霊ってそんなハッキリ見えるもんなんですか？」

オッサンの話は思いのほかくだらなかった。それに、轢き逃げは担当外だ。

「どうしたらいいと思う？」

「出頭すればいいと思います」

素っ気ない答えを返すと、オッサンは「嫌だ」と首を振った。

「警察は怖い。さっきは取り乱したけど、冷静に考えると、捕まりたくない」

「本当に轢き殺したか分かんないじゃないですか。警察に行って、真実を確かめた方がスッキリすると思いますよ」

「実はその、事故の時、何かを踏んだと思ってドアを開けたら、長い髪と、龍の刺青が入った女の腕がタイヤの下に見えたんだ」

「……それは、話が変わってきますね」

時期も合う。居住まいを正して向き直り、オッサンの顔をパシャパシャと撮影する。

「なんで写真を撮るんだ⁉」

「わたし、新聞記者なんです。もし万が一、追っかけている事件の犯人だったら、顔写真を抑えないと、と思ってですね」

「やめろ！　肖像権の侵害だ！」

オッサンは身軽な動作で、ダッと駆け出した。

ちょうど終電の利用客が出てくるタイミングだった。目当ての刑事を見つけて叫ぶ。

「警部補、そいつ捕まえてください！　人殺しです、たぶん‼」
◇
結局、オッサンは人殺しではなかった。

警部補に捕まえてもらって、駅前の交番に突き出したところ、巡査長から「この辺で、轢き逃げ事件なんてありませんよ」と大笑いされた。人騒がせなオッサンは飲酒運転について絞られた後に解放され、狐《きつね》に化かされたような顔をして帰っていった。

「すみませんでした」

「ほんとだよ。大恥をかいたよ。……でも、右腕に龍の入った長い髪の女を轢いたなんて聞いたら、事件の犯人じゃないかと思う気持ちは分かる」

駅前の交番から、並んで警部補の自宅に向かう。警部補はスラッとした四十代前半のイケオジで、たいそう女性にモテる。若い頃には、警部補が取調室に入った途端、容疑者の女が「何でも喋《しゃべ》るから、抱いて！」と、叫んだという伝説もある。今でも、関わった犯人たちから、職場宛てにラブレターが何通も送られてくると聞いた。

そういえば、と思い出す。

「殺された女性って、強盗の前科ありましたよね。取り調べたことあるんですか」

露骨に嫌な顔をされた。あるんだろうな、と反応を見て思う。

「山奥だから、遺体は車で運んだと思うんですけど、死後硬直は解けてなかったんですよね。殺害から発見まで、一日くらい？　窒息死って、絞殺ですか？　凶器は？」

「捜査のことは言えないんだわ」

いつもの待ち伏せ場所、石仏のあるY字路に差し掛かった。藪《やぶ》と畑に囲まれており、周囲の住宅の灯《あか》りが消えた今は、暗闇に沈んでいる。駅からはこのポイントを通らなければ、警部補は自宅に帰れない。

「あのオッサンが幽霊を見たのは、この辺のことだろ。今日はいないみたいだけど」

前方に目を凝らして、警部補はあからさまにホッとしている。

「見たことあります？」

「あるよ。ここのところ、毎日出るから」

「いつからですか」

「二十日くらい前からかな」

「何時くらいに見ます？」

「夜の十一時とか、零時とか。自分が帰宅するときは、必ず。もう怖くてさあ、泥がつくのを覚悟して、毎日、畑の中を迂回《うかい》して帰ってたのよ」

「それで会えなかったんですね」

「？」

不思議そうな顔をしている警部補に、「大変申し訳ないんですが」と切り出した。

「その幽霊、多分、私です。毎晩、ここに立って、警部補をお待ちしていました」

こうやって、と髪を下ろして道端に立つ。警部補は呆気《あっけ》に取られた顔をした後、感情が高ぶりすぎて言葉にならないときに出る怒鳴り声で、めちゃくちゃにキレた。

◇

ひたすら謝りながら、警部補の自宅までついて行く。同情した奥さんが玄関先で取りなしてくれた。

「終電がもうないんだから、家の近くまで車で送って行ってあげなさいよ！　可哀《かわい》そうでしょ！　近所で噂《うわさ》になってたのよ、夜中に不審者が立ってるって。わたし絶対、またあなたのストーカーか、夜回りの記者が来ているんだと思っていたのよ」

「今から車を運転するのは……、人を乗せるほどきれいな車じゃないし……」

警部補は苦虫を噛《か》み潰したような顔をしている。

「今月頭に、あんな熱心に掃除してたでしょ。乗せてあげればいいじゃない」

家の脇にランドクルーザーが駐《と》めてある。奥さんの親切を固辞して、帰路についた。

夜道をしばらく歩く。草むらでジーッ、ジーッと虫が鳴いていた。

夜回りで通報されにくいのは、女性記者の数少ない利点だった。男性と比べて非力なので、不審者だと思われても、道端に立っているだけなら脅威度は低く、そこまで住民に警戒されない。

（やっぱり、普通は不審者だと思うよな）

私を幽霊だと思って恐れていたのは、オッサンと警部補だけだった。オッサンは女性を轢いたと思い込んでおり、恨まれていると感じるに足る根拠があった。

じゃあ、警部補は？

気になる点はまだあった。オッサンが轢いた女性について、警部補は『右腕に』龍の刺青があると、はっきり口にしていた。オッサンは左右を言っていなかったのに。

遺体が見つかったのは二十日前の今月初め、死亡推定は発見の前日。オッサンが女性を轢いたと思ったのが三週間前、警部補が車を洗ったのが今月頭、時期も一致する。

後ろから誰もついてきていないことを確認し、上司に電話をかけた。

「犯人を見つけたかもしれません。例の遺体にはミニバンの、遺棄現場にはランクルのタイヤ痕《こん》があるはずです。刑事部の幹部に当てられますか。交渉は任せます」

「は？　嚙み砕いて説明しろ」

オッサンに遭遇してからの経緯と、そこから導き出した推理を説明した。

あのY字路で警部補は突発的に女性を絞殺。死体を運ぶ車を自宅に取りに行っている間に、飲酒運転のオッサンが石仏に衝突し、女性を轢き殺したと勘違いした……。

「警部補の動機は？」

「分かりません。でも、きっと女性と面識がある。あの人、すごくモテるし、ストーカーのトラブルを抱えていた」

話の途中から、どんどん上司の気配が真剣なものになっていく。「すぐに折り返す」と電話は切られた。

今度は勝てたかもしれない。

無名の写真家　柊サナカ

人を殺してしまった。

破れた白テントの中、震える声できみはそう言った。きみの頬はこけ、左腕は肘の半ばから失われていた。戦争が早期に終わると予想していた英国の司令官たちは、兵士の防寒について、誰一人として考えていなかったらしい。支給されていたのは閲兵式用の制服だけで、越冬用の防寒服はなかった。急ぎ、冬用の制服や燃料を運ぼうとした蒸気船プリンス号は岩に激突して、物資ごと海底へと沈んでしまった。

だからといって、夏用の制服でこのクリミア半島の冬を越すなんてめちゃくちゃだ。外套《がいとう》はすり切れ、ハリケーンで壊れたテントは、もはやきみの身体《からだ》を風雨から守ってはくれなかった。連隊の半分以上のテントが使用不能になった。きみは地面の穴の中、ぼろぼろの外套と、ぐっしょりと濡《ぬ》れた毛布にくるまって浅い眠りにつく。食料も燃料も来ない。将校であるカーディガン卿《きょう》が、自家用の高級ヨットに寝泊まりして、来客とフランス料理を楽しんでいたころも、きみは震えながら目をつぶり、冬の夜をやりすごした。

秋に、英国の片田舎《かたいなか》からクリミア半島に送り込まれたきみは、まだこの寒さに身体が慣れておらず、手足はたちまち凍傷になった。きみは靴下も靴も乾かすことができなかった。足は腫れ上がり、日に日に膿《う》んでいった。塹壕《ざんごう》掘りを命じられた兵士は、腫れ上がった足に凍った靴が履けず、靴のかかとを切り取って無理矢理サイズを合わせるか、裸足《はだし》で泣きながら塹壕を掘らなくてはならなかった。

わたしは、人の外套を奪ったんだ。

きみは言った。彼は、何をする、お願いだやめてくれと最初は抵抗し、懇願したが、次第に動かなくなった。

次の日起きると、彼はもう、息をしていなかった。そうやってきみは、弱った仲間から外套や毛布を奪うことでこの冬をしのいできた。その罪は寒波と蔓延《まんえん》したコレラがみんな隠してくれた。

きみは僕に懺悔《ざんげ》をする。この世から去る前に、犯した罪を告白したくなったのかもしれない。

写真を撮ってくれ。きみは懇願した。

わたしの写真を撮ってほしい。故郷に、田舎の家族にどうかわたしの写真を。ここでどんなことがあったかみんなに知らせてほしい。どうか伝えて、ここには翻る軍旗も、勇壮な二列横隊も、栄光の前進もない。わたしたちは敵を討ち取り、兵士として誇り高く死んでいくのではないと。

僕は首を横に振る。僕は、写真家ロジャー・フェントン先生のしがない手伝いにすぎない。馬車暗室を移動させ、薬品や水洗に使う大量の水を運ぶだけの役目だ。フェントン先生は王室御用達の有名写真家で、僕は助手ですらない。写真を撮ることは、下働きの僕には許されてはいない。先生と共に、僕は写真撮影の下働き要員としてこのクリミア半島にやってきた。

突然寒さが緩んだ四月の陽気の中、僕は先生の言いつけ通りに、兵士に羊革の高級外套を着せつける。よく手入れされた上質な長靴も履かせた。ポーズの指示をする。日差しは強く、兵士たちの額にも頬にも、玉のような汗が浮かんでいる。汗が写らないように僕は布で拭いて回った。はい、まだ動かないで。二十数えますよ、瞬《まばた》きも我慢して、もうちょっと頑張ってください。これもすべて、写真のため。英国の兵士たちは皆、戦場で飢えることもなく、上質で暖かい服を支給されていたという証拠写真を撮るためだ。

その他にも、談笑する兵士たちを撮ったり、戦地の近くで働く女性にポーズを取らせて撮ったりした。

絵と違って、写真は真実を写すものだと思われているが、そんなことはない。写真は、写したい真実を写すものだと知った。

きみは、人を殺してしまったと言ったが、フェントン先生の写真を英国に送ることで、戦地では装備や設備、人員とも十分な余裕があると判断されるに違いない。また無数の若者がこの地で命を落とすことになるだろう。その点では、きみも僕もさして変わらない。

どうか、頼む。

きみの最期の言葉はそれだった。目尻から流れた涙が、土と埃《ほこり》に汚れた茶色の雫《しずく》となって、きみのこめかみに流れていく。

口調からもわかった。きっときみは僕と同じような、田舎出で社会階層も低い地域の人間なのだろう。たまたま僕はフェントン先生の御用聞きをしていたから、兵士にはならず、撮影の下働きをして死なずにいる。もしも運命の組み合わせが少しずれていれば、僕がこのセヴァストポリで死んで、きみがフェントン先生の撮影の下働きをしていたかもしれない。

僕は、きみの亡骸《なきがら》をテント脇に引きずって隠した。自分でもどうしてそうしたのかわからない。何かに突き動かされるようにそうしていた。

早朝、フェントン先生と助手がラム酒で酔い潰れていることを確かめる。僕は馬車暗室に忍び込み、フェントン先生には無断で、木箱のような写真機を持ち出した。見よう見まねだったが、毎日、先生や助手の手つきを観察していたので、手順は覚えていた。朝の淡い光の中、僕はきみの写真を撮る。

僕は真実を写す。

皆に、ここで起きていることを伝えなければならない――

＊

彼は、ある小箱をわたしに遺《のこ》していた。長らく、その荷物を開ける気にはなれなかったが、今日、ようやく開けることにした。中に入っていたのは、厳重に包装された古写真だった。説明書きがついており、それはオークションでまとめて落札されたガラス湿板の束に、無造作に紛れていた一枚の写真だということがわかった。

ひと目見てわたしは息を呑《の》んだ。それは、鮮明なガラス湿板写真だった。左腕を失って傷つき、痩せてぼろぼろになった兵士が、目をつぶって地面に横たわっている。

反射光にかざすと、ガラス板はキャラメル色に輝いて、ニスの保存状態もよい。ただ、ガラス面には、急いで薬品を塗布したようなムラが見られた。作業を行った人間が、この作業にそれほど熟練していなかったことが見て取れる。

これが精巧に作られたフェイクでないと仮定するなら、制服やテントの形から判断して、クリミア戦争当時の写真だということがわかる。

これは単なる負傷兵の写真ではないと、わたしは直感する。夜明け前か夜明け近くに撮られたにもかかわらず、この写真が鮮明だからだ。

この時代の湿板写真は、昼間の撮影でも二十秒の露光時間を必要とした。つまり、撮りますよ、と言ってから二十秒間は何も身動きがとれなかったのだ。背景のテントを見る限り、軍の活動時間帯ではないことがわかる。明るい昼間よりも、露光時間はずっと長かったはずだ。

となると、この被写体は、一分から一分半、長くて三分、何の身動きもしなかったことになる。人間、そんなに微動だにせずにいられることは、まずあり得ない。この兵士が、こんなにも深手を負っているなら、なおさら。

やはり、これは遺体の写真なのだ――とわたしは思う。

クリミア戦争の当時、写真はガラス板に薬品を塗りつけるコロジオン湿板写真だった。湿板というと、文字通り乾いてしまえば感光能力が失われるので、湿っているうちに撮影、すぐさま現像しなければならない。よって、大きな馬車暗室を曳《ひ》きながらの撮影となった。

この時代の湿板写真では撮れないものがある。二十秒間も露光に必要であれば、動きのあるものはぶれてしまってまず撮れない。逆に言うと、動かないものは撮ることができる。ロジャー・フェントンの一番有名な作品、セヴァストポリ要塞に続く道に、無数の砲弾が散らばる『死の影の谷』が撮られたのも、そういった理由からだ。

戦場で動かないものと言えば、風景もそうだが死体もそうだ。しかしながら、三百五十枚以上あるフェントンの写真は、その数七万人とも言われる連合軍兵士の死体を意図的に避けていた。それには理由がある。戦争当時、『タイムズ』紙の戦場特派員トーマス・チェネリーが、クリミアでの惨状を目の当たりにし、〝ここでは、負傷兵の傷に巻く包帯さえない〟ということを激しい口調で糾弾したのに対し、ロジャー・フェントンは、クリミア戦争は正義の戦争であると印象づけるため、英国政府の命を受け戦地に送り込まれた写真家だったからだ。

手元のこの古写真は、作り込み方も被写体も、フェントンの写真とはまったく異なる。フェントンは死体だけでなく、手足を失った負傷兵の撮影も避けている。

撮影した無名の写真家、そしてこの写真の中で亡くなっている無名の兵士は、公式の記録には何も残されていない。彼らを知る人間は、現代にはすでに存在しない。所属も撮影場所も撮影者もはっきりしない。ただ、残されたのはこの一枚の写真だけだ。

一八五三年に始まったクリミア戦争は、写真で撮影された初の戦争となった。英国の著名な写真家として歴史に名を残したのは、ロジャー・フェントンで、無名の写真家は、無名のまま死んでいったのだろう。

わたしは、この懐かしい部屋をぐるりと見回した。棚の上の、彼と自分が並んでいる写真を見る。彼はわたしと同じく、古写真の研究者だった。志半ばでこの世を去った。その写真を、写真立てごと厳重に梱包《こんぽう》する。古写真も注意深く包む。その上からまたタオルで包み、ザックの底に、衝撃で割れたりしないよう気をつけながら入れた。

ザックの肩紐《ひも》に小型のウェアラブルカメラを付け、髪を結ってヘルメットに入れ込む。最後に顔をバンダナで覆った。

写真は、ガラス湿板や馬車暗室で撮影していた頃とは違い、今はスマートフォンでいくらでも撮ることができるようになった。わたしは、カメラロールの中の、いままでに撮ってきた写真を見つめる。はじめて出会った日の一枚、喧嘩《けんか》した日のふてくされた顔、旅行の写真、ふざけて歌う映像、誕生日のパーティ、プロポーズの日の映像。

わたしは映像の中の笑顔に呼びかける。

あなたと過ごしたこの部屋で、最期のときを迎えようと思ったがやめた。

たとえ無名の写真家でも、撮れるものがある。あなたの遺したこの古写真のように。

わたしは銃声の響く階下へ降りていく。ウェアラブルカメラの電源を入れながら。

ショーツミステリー　くろきすがや

人を殺してしまった。

　おれは今、自宅の脱衣所に座り込んでおり、目の前には仰向けにひっくり返った山《やま》田《だ》の体がある。

　ついさっきまで、こいつの体の横に座り、胸のあたりを繰り返し押していた。ドラマでやっていたやつの見よう見まねだ。しかし山田は息を吹き返さなかった。鼻の上のあたりに手のひらをかざしたが、やはり息は感じられない。

　これはまぎれもなく死体。とほほ、と後悔しつつも、おれのなかで山田に対する怒りがぶり返してきた。そもそもの原因は、こいつにあるのだ。

「これからご自宅にうかがってもよろしいでしょうか」と山田から電話がかかってきたのは、三時間ほど前だった。

　おれは日曜の午後を満喫しようとしていたところだった。妻の陽子《ようこ》は大学時代の友人と箱根《はこね》に日帰り旅行に出かけ、娘の優奈《ゆうな》は友だちと新大久保《しんおおくぼ》に遊びに行っている。だれもいない我が家で昼から酒を飲みながら、話題の配信ドラマでも観ようかと、缶ビールの蓋を開けた瞬間に仕事用の携帯が鳴った。

　山田は大学の後輩であり、職場の部下でもある。スポーツ観戦やアウトドアなど趣味が共通することもあり、プライベートでもよく遊ぶ仲だった。

　その山田が「どうしても相談したいことがある」と言って譲らないので、仕方なく家に招いた。といって、すぐに込み入った話にもならず、しばらくはビールやワインを傾けての酒宴となった。山田が相談の内容を話し始めた頃には、二人ともかなり酔いが回っていた。

よくある話だった。知り合った女といい仲になったはいいが、山田はそれ以上の関係を望んでいない。別れ話を切りだしたところ、ストーカーのように付きまとわれるようになった。

「ぼくの部屋に盗聴器を仕掛けられたんですよ。交友関係が筒抜けだったので、おかしいと思ったら」

「すごい執念だな。うまく別れないと、痛い目にあうぞ」

「そうなんです。ゆうべなんかマンションに帰ったら、ドアノブのところになにかあるんですよ。よく見たら死んだ鶏が一羽つるされてました」

「鶏肉の塊とかじゃなくて、鶏の死体？　よくそういうものが手に入るな」

「まったくです。それでゆうべは部屋に入らず、サウナでひと晩過ごしました。朝起きて、先輩に相談しようと決めたんです」

「いったいどんな女なんだ。普通じゃないぞ」

「これ言ったら、先輩に叱られると思うんですけどね。うちの雑誌で、たまに読モをやってもらっている女子大生なんです」

うちの雑誌というのは、おれが勤める出版社が発行するZ世代女子に向けたカルチャー情報誌『プニョン』のことだ。おれはその雑誌の編集長代理であり、山田は編集部員のひとりだ。代理とついているのは、前の編集長が会社の金の使い込みがバレてやめたために、急遽《きゅうきょ》おれが編集長に引き上げられたという事情による。

「それはおまえが悪い」おれは山田への同情が薄れた。読者モデルと恋愛関係に陥るのはご法度だ。職業倫理上許されない。

「そこまで怖い子だとは思わないじゃないですか」山田は悪びれたふうもなく話をつづけた。「実は、これからその子と話し合うんですけど、先輩も一緒に来ていただけませんか。ぼくの代わりに説得してほしいんです」

あきれた。女性トラブルの後始末を人に頼むなど、おれには考えられない。軽い男とは知っていたが、ここまで責任感がないとは思わなかった。

とはいえ問題が大きくなるのも避けたかった。前の編集長の横領事件がネットニュースになったため、雑誌の売り上げや公式サイトのページビューが激減した。トラブルが連続すると、雑誌のイメージがますます悪くなる。おれの管理能力も問題になり、編集長代理の座が剝奪《はくだつ》されるかもしれない。

「せっかくの休みなのになあ」おれは嘆いた。「その女性とどこで会うんだ？」

「新大久保です」

「ん？」最近耳にしたばかりの地名だった。「女性の情報をもう少しくれないか。名前は？」

「なんだったかな。モデルとして働くときは、変な名前を使っています」山田はスマホを取り出して調べた。「あ、うぬこ、でした」

おれの体が知らずのうちに震えた。

「それはあれかな。K－POPの推しのメンバーにあやかったニックネームかな」

「そうです。よくご存じで。勘弁してほしいですよね。見た目も冴《さ》えなくて、よく読モに選ばれたものです。そのぶん男慣れしてなくて、落としやすく、んがっ！」

おれは、山田の顎を思いっきり殴りつけた。

「なにをするんです」山田は早くも泣きっ面になっている。

「おまえが手をだしたのは、おれの娘だ！」もう一度殴った。

「ち、ちがいます」山田は必死に言い返した。「優奈ちゃんは子供の頃に見たことありますけど、目がふたえじゃないでしょ。鼻も低いところが可愛《かわい》くて」

涙が出てきた。優奈はひとえと低い鼻が嫌いで、去年親に相談もせず、バイトで貯《た》めた金で整形手術をしたのだ。そんな娘を喜ばせようと、編集長代理の権限で読モに押し込んだおれもバカだった。

「ぼくのことも覚えてないようでしたよ」山田は左頰を押さえながら言った。

優奈の気持ちは察しがつく。別人のようになって、知り合いにも気づかれない状況を、楽しんでいたのだ。だが、そこまで山田に説明する気はなかった。

棚の上に飾っている金属製の花瓶を手に取った。

「あ。それはダメです」

山田は部屋の外へと駆け出した。だが、その先で間違えたドアを選んでしまった。ドアの向こうは玄関ではなく、バスルームだ。

山田の後を追ってバスルームに入った。行き止まりと気づいた山田は、怒りとやるせなさが混じったような表情で、こちらを向いた。おれは花瓶を振り上げた。

「待ってください」山田が悲鳴に近い声をあげた。「今、うぬこ、じゃなくて優奈さんに電話しています。なにかあったら、筒抜けですよ。お父さん、彼女のためにも、その重いものを下に置いて」

「おまえにお父さんと呼ばれる覚えはない！」

山田の額に花瓶を打ちつけた。やつは風呂場のドアに寄りかかって、なんとか立ち続けようとする。おれは手近にあった布をやつの首に巻き付けて、力の限り絞めつけた。山田の体が崩れ落ち、まったく動かなくなるまで、絞め続けた。

こうして山田の死体が目の前に横たわることになった。

山田の隣に落ちているスマホを拾い上げた。通話は切れているが、少し前までだれかと話していた履歴がある。そこに示された登録名は、「読モのうぬこ」。やつの言葉はハッタリではなかった。ならば本当に警察が来るのか？　優奈がおれを売るだろうか？　日頃の反抗的な態度を思い出して、暗い気持ちになった。優奈は絶対に警察に電話する！

　この場の後始末をしなければ、と焦った。まずは凶器となった布だ。よくも手の届く場所にあったものだ、と感心しながら、山田の息を止めた布地を見た。薄い布がビーンと伸びて首筋に食い込んでいる。レースの飾りとピンク色の花模様がある。

「ややや。これは！」

　わが目を疑った。山田の首に巻かれているのは、どう見ても、パンティ。おれは脱衣所に脱ぎ捨ててあった妻の陽子の洗濯前のパンティで人を殺したのだ。

　頭のなかで、ネットニュースの見出しがありありと浮かんだ。

「凶器は使用済みパンティ」

　まずいだろ。いやしくも一流出版社で一流カルチャー誌を作っているおれが、まるで変態のように扱われるではないか。

「だからいつも、脱いだ下着はすぐに洗濯機に入れろと、と言ってたんだよ！」

　おれは、今ごろ箱根で遅いランチを楽しんでいるであろう妻に向かって叫んだ。陽子は容姿やファッションに金をかけ、世間では仕事のできるスタイリストで通っているのだが、私生活ではどうしようもなく片付け下手《べた》なのだ。

その時、玄関のインターフォンが鳴った。無視しても、鳴り続けた。外から話し合っている声も聞こえてくる。「山田くんが死んじゃう！」というカン高い女の声もした。まちがいなく、優奈の声だ。たとえようもなく、さびしい気持ちになった。

ガン、ガン、ガンと何かを壊すような凄《すさ》まじい物音が家じゅうに響きわたった。警察は、ドアノブを破壊して家に入るつもりらしい。

おれは山田の首からパンティを解いた。やや時間がかかったが、なんとか外すことができた。伸縮性の高いTバックのパンティだった。陽子のやつ、なんでこんなセクシーな下着をもっているのだ？　が、今は妻の浮気を心配している場合じゃない。

警察につかまるのは免れないだろう。しかし、おれと山田が争うのを見た者はいないのだから、正当防衛だと言い逃れてやる。そのためには、こちらがまっとうな人間であったと信じ込ませなければいけない。間違っても使用済みのパンティで他人の首を絞めつける快楽殺人犯と思われてはならない。

玄関でひときわ大きい金属音が鳴ったかと思うと、ドアが開く気配が伝わってきた。ドタドタと家に入ったと思われる数人の足音が続いた。

やばばば、やばい。

おれは妻のパンティを持ったまま娘の優奈の部屋に走り込んだ。クローゼットの中の収納ケースから優奈のパンティ、いや、そう言うと優奈に怒られる。パンツでも年配の男が言うと気持ち悪いそうだ。ショーツ。そう、ショーツだ。これならギリ許される。なんの話だ？　ともかく、優奈のショーツを選んだ。なにしろ優奈は、うちのティーン誌で読者モデルをやっているＺ世代の旗手のような子だ。警察には、凶器はこっちだと思わせたい。おれは情報感度の高いセンスあふれる男なのだから。

優奈のショーツを持ってバスルームへと戻ろうとした。そこまでだった。警官とおぼしき頑丈な体の男たちが、廊下に立ち塞がっていた。おれは左手にセクシーなパンティ、右手に若者向けのシンプルなショーツを持って立っている。

「なにをしてる！」警官のだれかが怒鳴った。

「な、なんにも」おれはシラを切った。

「手に持っているのはなんだ？」

「すみません」優奈のショーツを差し出した。「これで山田の首を絞めました」

警官たちは互いの顔を見合わせ、やがて代表らしき者が聞いた。

「じゃあ、左手に持っている下着はなんだ？」

「こ、これは凶器ではありません」進退きわまったおれは、陽子のパンティを頭から被《かぶ》った。「こっちは、おれの趣味だ！」

前代未聞の変態殺人犯が生まれた瞬間であった。

身も心も　塔山郁

人を殺してしまった。

私は床に倒れた男を見下ろした。口から泡を吐き、体は小刻みに痙攣《けいれん》している。

「死んだかな」アイナが言うと、「そうみたい」とキリカが答えた。

「死んでるね」私が呟《つぶや》くと、二人は意味ありげに視線を絡ませた。

「誰が彼を殺したの？」アイナが死体を見下ろした。

「さあ、誰かしら？」キリカが答える。

「ここにいる三人の誰かだと思うけど」私の言葉に、二人は再び視線を交わして笑みを浮かべた。私に隠していることがあるようだ。

死んでいるのはテルというホストだ。うっとりするような美青年だが、酷薄な性格で、女をキャッシュディスペンサーとしか思っていないような男である。

私たちは彼の馴染《なじ》みの客だった。お互い競って金を使うように仕向けられた挙句、金がなくなるとゴミのように捨てられた。私たちのテルに対する憎しみや執着は深かった。店でライバル関係だった私たちは、捨てられた後、場末の居酒屋でやけ酒をあおっては、恨みつらみを言い合う仲になっていた。身も心もボロボロにされた仕返しをしてやりたい、テルを他の女に渡したくない、とそれぞれが心に抱えた暗い想いを口にして、いつしか協力してテルを殺害する方法を考えるようになっていた。

と言っても力ずくで殺すことは難しい。テルは小柄で痩せているが、曲がりなりにも男である。私たち三人は非力な女で、それぞれが夜の仕事に就いていた。

そこで毒を飲ませて殺害する方法を考えた。しかし誰が毒を飲ませるかで揉《も》めた。警察が捜査をすれば、毒を飲ませた人間が罪に問われることになるだろう。三人で協力して殺害すると決めたのに、罪を問われるのが一人だけなのは不公平に思われた。するとアイナがあるアイデアを口にした。三人が別々の毒を用意して、それを一緒に飲み物に入れて飲ませればいい。テルがどの毒で死ぬかはわからないから、三人で協力して殺しながらも、殺人の罪に問われるのは一人だけになるというアイデアだ。アイナは自信たっぷりだったが、私はすぐには賛成できなかった。その方法では、他の二人も何らかの罪に問われるだろうと思ったのだ。しかしキリカが賛成したために、私はその疑問を口にするのをやめておいた。代わりにもっと現実的な質問をアイナにぶつけた。どうやってそれぞれが毒を入手するというのだろうか。

「フグの料理人が知り合いにいるの。お願いすれば肝を分けてくれると思うのよ」

フグの肝には猛毒が含まれているそうだ。

「私も知り合いに頼もうかな」すかさずキリカが口にした。

「園芸の好きな人がいるんだけど、庭でトリカブトを栽培しているって言ってたわ」

トリカブトもフグに負けず劣らずの毒草だということだ。そんなに簡単に毒物を分けてくれる知り合いがいるはずはない。それは馴染みの客なのだろうと私は考えた。

頼みを聞いてくれたらサービスするとでも言って、二人はそれを手に入れるつもりなのだ。私にはそんな都合のいい馴染み客はいなかった。それでネットで調べて、リシンという毒を入手すると二人に告げた。

テルを呼び出す役目は私が引き受けた。宝くじで3億円当たったので何でも好きな物を買ってあげると言うと、テルは大喜びで私の部屋にやって来た。そんな嘘《うそ》を信じて、過去にポイ捨てした女の部屋にのこのこやって来るとは、この男は本当に馬鹿なんだと私は呆《あき》れた。まあ、そんな男に貢いだ挙句、身も心もボロボロにされた私たちはもっと馬鹿だとも言えるわけだけど。

そういうわけでテルは私の勧めるままに毒入りワインを飲んで、苦しみながら息を引き取った。計画完了。残された問題は誰がテルを殺したかということだ。

「私じゃないわよ」アイナが言うと、「私でもないわ」とキリカも笑った。

「そんなのはわからないじゃない。フグの毒とトリカブトの毒、どちらの毒が彼の命を奪ったのか、それは警察が調べないとわからないはず」

私が言うと、アイナとキリカは顔を見合わせニヤニヤ笑った。

「残念だけど違うのよ。フグの毒とトリカブトの毒はお互いを打ち消すの」

「同時に飲ませるとすぐに異常がでないのよ。だからテルを殺したのは別の毒」

「あなたが選んだリシンというのは、フグやトリカブトの毒を上回る猛毒らしいわよ」

「ここまで言えばわかるでしょう。テルを殺したのはあなたなの」

勝ち誇ったように笑みを浮かべるアイナとキリカを見て、私は深い感動に襲われた。テルのような馬鹿にいいようにされて捨てられるだけのことはある。やはりこの二人もテルに負けず劣らずの馬鹿だった。

「フグの毒とトリカブトの毒がお互いを打ち消すなんてよく知っていたわね」

私が言うと、「ミステリ小説で読んだのよ」とアイナは自慢げに答えた。

二つともに神経毒だけど体にまったく逆の効果をもたらすそうだ。だから同時に摂《と》るとしばらくは何も起こらないとのことだった。

「でもどうして私に嘘をついたのよ。罪を被《かぶ》る可能性は三分の一ということで、お互いに納得したじゃない」

私が抗議すると、アイナは嘲るように笑った。

「確実に罪を免れる方法があれば、それをするに決まっているじゃない。あんたに恨みはないけどトロそうだから、この娘とこっそり相談して計画を立てたのよ」

アイナが目配せをするとキリカが言葉を引き継いだ。

「外れを引くのが三分の一より、ゼロの方が割のいいギャンブルって言えるでしょう」

理屈の上では二人の言うことは間違ってなかった。それで私は大きく頷《うなず》いた。

「納得したわ。その考えに従えば、私のしたことも非難されないことになるわけね」

「強がってもダメよ。あなたはテルを殺した罪で刑務所に行くのよ」アイナが笑った。

「生憎《あいにく》だけどそうはならないわ。刑務所に行くのはあなたたちのどちらかよ」

「ふざけないでよ。リシンをワインに入れたのはあなたでしょう」キリカが睨《にら》んだ。

「入れてないわ」私は言った。

「いまさら白を切らないでよ。テルが来る前に三人で一緒にワインにそれぞれの毒を入れたじゃない。それを飲んでテルは死んだのよ」

「私がワインに入れたのは氷砂糖を砕いたものよ。あなたたち、本物のリシンなんて見たことがないでしょう？　だからそれがリシンだって嘘をついたわけ」

　二人の顔色が変わった。

「どういうことよ。一緒に毒を入れるって約束したじゃない！」アイナが怒鳴った。

「後で考えたら気づいたのよ。あんたたちが毒を入れるなら、私が入れる必要はないってことに。てっきりあんたたちも同じように考えて、誰も毒を入れないって結果になると思ったけど、あんたたち二人は本当に毒を入れたのね。フグとトリカブトの毒は、最初はお互いを打ち消しても、時間が経《た》てばその効果も薄れるんでしょう？　じゃあ、テルを殺したのはやっぱりあなたたちのどちらかになるわけね」

「……嘘よ」キリカが喘《あえ》いだ。

「嘘じゃないわ。つまらない小細工で私を陥れようとして自分で掘った穴にはまっただけのこと。でもあなたたちは私を非難できないわよね。リスクがゼロになる方法を選ぶのは当然のことだもの」

アイナとキリカは呆然《ぼうぜん》として、それからお互いのことを罵りはじめた。

「だから私は言ったじゃない！　こんな方法でうまくいくはずがないって！」

「あんただって最初は賛成したじゃない！　店に通っていた時からあの娘が気にくわなかったら、罪を押しつけられたら二人で祝杯をあげようって言ったわよね！」

二人が摑《つか》み合いをはじめそうだったので、まあまあ、と私は仲裁に入った。

「でも警察を呼んでも私にはメリットがないのよね。捜査とかで警察に部屋をあちこちひっくり返されるのもご免だし。それで相談なんだけど——」

この状況を穏当に解決するアイデアを私は二人に提案した。

三時間後。私は海外旅行に使うトランクを持って、ある場所を訪れた。

「ごめんねぇ。こんな遅くに無理なお願いを聞いてもらって」

私は営業用のスマイルを駆使して、入口に現れた若い男にしなだれかかった。

「大丈夫だよ。エリちゃんの頼みなら、何でも聞いてあげるから」

「これで三回目だね。無理ばっかり言って本当にごめんね」

「いいってば。それよりエリちゃんは大丈夫？　可愛《かわい》がっていた犬だったんだよね。

悪い物を食べたそうだけど、いきなりのことで大変だったよね」

「それは大丈夫。悲しいけど、こうなる予感はあったから。でもシュウくんが夜勤の日でよかったよ。前と同じように内緒でお願いできるかな」

「もちろんだよ。セントバーナードだと、火葬が終わるのは明け方になるけど、エリちゃんはそれで平気かな」

「大丈夫。そのつもりで用意してきたから」

「火力は最大級にしておいたから七〇キロの動物までは対応できるよ。全自動だから、スイッチを入れれば火力も自動で調整してくれる。最後の収骨はどうするつもり？」

「収骨も片付けも自分でやるよ。だからシュウくんは寝ていていいよ。連日の夜勤で大変なんでしょう？　あと代金のことなんだけど、今月はちょっと苦しくて……」

上目遣いで両手を合わせると、「僕とエリちゃんの仲じゃないか。お金なんか取れないよ」とシュウくんは胸を張った。

「ありがとう！　シュウくんが私のお客で本当によかったよ。ペットの葬儀場の専務なんて人と滅多に知り合いにはなれないもの」私はシュウくんの腕に手を置いた。

「専務って言っても、母親が社長で、雑用ばっかりやらされているけどね。焼き場は火が入っているから、すぐに使えるよ」

シュウくんはそう言ってから、「あの、エリちゃん」と声をひそめた。

「確認だけど……火葬するのは本当に犬だよね」

「もちろんよ。セントバーナード。人間並みに大きいの」私は満面の笑みを浮かべた。

「そ、そうだよね。変なことを聞いてゴメン」シュウくんは安堵《あんど》の表情を浮かべた。

「本当にありがとう。次にお店に来た時にいっぱいサービスするから、今日はこれで我慢してね」私はシュウくんの頰にチュッと音を立ててキスをした。

「わかった。じゃあ、僕は休むね」シュウくんは顔を赤らめ、仮眠室に向かった。

一人になると私はトランクの中身を炉の中に入れた。力仕事は苦手だが、ここは一人でやるしかない。これでテルは文字通り私の物になる。骨の欠片《かけら》も他の女には渡すつもりはない。警察を呼ばずに死体をこっそり処分することを条件に、お馬鹿な二人からは金をせしめる約束をしていた。テルはもとがいい加減な性格なので、ひととところに長くいられない性分だと自分で言っていた。家族とも疎遠になっているそうで、いきなり姿を消しても、騒ぎ立てる人間はいないだろう。

これでテルは私のものになる。身も心も捧げてボロボロになった女を平気でポイ捨てするような男を骨にして、夜な夜な愛《め》でることが私には至上の喜びなのだった。

私は待合室の椅子に腰かけて、シュウくんが用意してくれておいたエスプレッソコーヒーを味わいながら、愛しい男が骨になるのを待った。

博士の発明品　新藤元気

人を殺してしまった。

助手は絶望的な気持ちで、実験用のベッドに横たわる被験者の死顔を眺めた。つい三十分前までバイタルは安定していたはずなのに。

被験者の年齢は四十代中頃。痩せこけており、身にまとっている衣類は薄汚れている。無造作に伸びたもじゃもじゃの髪の毛の隙間から細いコードが何本も飛び出しており、複雑そうな機械に接続されていた。

「寝ているだけで金がもらえんだろ？　それに勉強しないで知識も増えるんだ。いいことしかねぇ」

黄色い歯を見せながら陽気に語っていた被験者の顔が、助手の脳に蘇《よみがえ》る。

それは、現在開発中の「記憶移植装置」の実験中での出来事だった。この研究所のトップにあたる博士の発明品で、外部から特殊な電気信号を送ることでヒトの脳に任意の記憶を形成し、しかもそれを長期的に定着させることができるという画期的な代物だ。

ここでいう「記憶」は一般的な知識に関する「意味記憶」と、技能やノウハウに関する「手続き記憶」の、両方の意味を持つ。つまり、自転車を知らない園児に、自転車という概念とそれを乗りこなす技術を備えさせることもできるわけだ。

助手は、被験者の脳に新しい記憶をインストールする実験中のモニタリングを任されていた。特に異常はなく実験はつつがなく終わるものと思われたが、別件で数分だけ離席している間に被験者は帰らぬ人となっていた。

この装置の危険性について指摘がなかったわけじゃない。でもそれはインストール量が極端に多い場合だ。少なくともこれまでの実験ではこんな事故は一度もなかった。なのに、いったいどうして。

「わかっているとは思うけど、異常があったらすぐに中止するようにね」

業務引き継ぎの際に博士に言われたことが、助手の頭の中で何十回とリピートされていた。

(ちゃんと見張っていれば、異常に気付いて何とかなったかもしれないのに……)

実験室に満ちたラベンダーの香りが、助手の鼻をくすぐった。実験直後、船酔いと似たような症状を訴える被験者が多かったため、少しでも彼らの気分をよくするために芳香剤を置いたのだ。だが助手の気分は優れるどころか悪化する一方だった。

この件が原因で開発が頓挫することになったら。それも自分の不注意のせいで。そう思うと吐き気がした。博士の失墜は免れないだろう。これまでこの発明品にかけてきた時間とお金も、血のにじむようなスタッフたちの努力も水の泡だ。

(……ここで終わるべきじゃない。博士も、発明品も)

助手がパソコンの前で頭を抱えていると、不意にモニター上に文字が表示された。

『何かお困りですか？』

博士が開発に携わったＡＩチャットボットだった。カメラにうつった助手の顔画像から、異常を検出したのだ。

特に深い考えや期待があったわけではなかった。しかし気づいたら助手の手はキーボードに伸びていた。状況を簡潔にまとめたテキストを入力したのち、「発明品を守りたい。事件を隠蔽《いんぺい》する方法はないか？」と尋ねた。

『なるほど。それは大変でしたね。事件の隠蔽を図るために、ストーリーを捏造《ねつぞう》いたしました』

ＡＩは間髪入れずに文字を生成した。

『被験者はお金に困っていました。実験が終わったのち、彼は研究所の発明品を盗もうとした。だが助手であるあなたに見つかってしまう。動転した被験者はあなたを襲うが、正当防衛の範疇《はんちゅう》で逆襲にあい、死亡する。このことが発明品の開発プロジェクトに悪影響を及ぼすことを恐れたあなたは、とっさに死体を隠した』

淡々と、そして高速で生み出されていくテキストを、助手は食い入るように見つめる。

『上記ストーリーに従い、死体は裏山に埋めましょう。また、死体が見つかったときのことを想定して、心臓を突き刺しておきましょう。死因が外傷だと判断された場合、発明品とは無関係の事件であると誤認されるでしょう』

（なるほど……しかし）

良心の呵責《かしゃく》を感じ、しばしモニターの前で固まる。しばらくしたのちに助手は続けてこう入力した。

「あるいは、自首するべきだろうか？」

『確かに過失致死は罪ですが、プロジェクトの頓挫が招く損失は計り知れません。隠蔽を推奨します』

その回答を見て決心がついた。

『これから死体を埋めるのに適した推奨ポイントを送付します。なお、秘匿性を考慮してチャット履歴は三十分後に自動で消去されますので、あらかじめご了承ください』

助手は実験室を出て、博士の居室に向かった。自然と早足になる。

ノックしてから扉を開け、居室の中に身を滑らせた。モニターに張り付くように作業をしていた博士が、椅子をくるりとターンさせて助手の方を向く。顔からはみでるくらい大きな丸眼鏡《めがね》。たっぷりと蓄えられた白いひげ。まるで漫画の世界からそのまま飛び出してきたような、まるまるとしたフォルムが愛らしい。

「顔色が悪いようだが。まさか被験者に何かあったのかね」

博士は助手の顔を見るなりそう言った。

「いえ、被験者は……特に異常がなかったので、ご帰宅していただきました。今はデータの整理中です」

「そうか、ありがとう。いつも助かっている」

「それより、……その、ちょっと倉庫の鍵をお借りしてもよろしいでしょうか」

「ん？　構わんが」

怪訝《けげん》な表情を浮かべながら、引き出しの中から鍵を取り出す博士。

「好きに使ってくれてもいいが、無理はしないでくれよ。君みたいな優秀な助手に体調を崩されたら、いろいろと困るんだから。僕はあと一時間ほどで帰るから、鍵は明日返してくれたらいい」

「はい……ありがとうございます」

鍵を受け取った助手は、居室を出て倉庫に向かった。倉庫の鍵を開け、中から台車とスコップを引っ張り出すと、大急ぎでそれらを実験室へ運びこむ。そして台車の上に死体を乗せ、さらにその上に白いシーツを被《かぶ》せたのちに、ＡＩが示した裏山のポイントを目指した。

目的地に到着した助手は、持ち出してきたスコップで巨大な穴を掘った。それから彼は、研究所の調理場から拝借してきた包丁で死体の胸をぐさりと突き刺し、そのまま穴に突き落とす。そして「どうか誰にも見つかりませんように」と願いながら、土をかぶせた。

そんな助手の望みをぶち破るかのように、研究所に強面《こわもて》の警察官がやってきたのは事件発生から十日後のことだった。

身長が二メートル近くある大男だ。彼は一匹のドーベルマンを引き連れていた。

警官は内ポケットから一枚の写真を取り出し、それを助手に差し出しながら言った。

「この男の遺体が近隣の山の中から発見されました。警察犬を使って死体の身体《からだ》に付着していた匂いを追ったところ、この研究所に行きついたのです」

おそらく警察犬の嗅覚が捉えたのはラベンダーの芳香剤の匂いだろう。助手は絶望的な気持ちになった。まさかもう死体を見つけているとは。

「ど、どのような経緯で発見されたのでしょうか」

「もともと行方《ゆくえ》不明者届は出ていたのですが、発見については偶然です。近所のおじいさんが、犬の散歩中に発見されました。何か埋めたような痕跡のある場所で犬が吠《ほ》え出すから、掘ってみたら遺体が出てきたと。それで、この男についてご存じではないでしょうか」

口調は丁寧だが、その声はどこか威圧的だ。

「ええ、……確かに彼は被験者として実験に参加されました。しかし実験後、速やかに帰られました」

「当日の被害者の動向を把握したく、その実験とやらについて詳しくうかがいたいのですが、責任者はいらっしゃいますでしょうか？　署までご同行いただけると助かるのですが」

このまま警察の捜査が発明品やその実験内容にまで及んだら、本当の死因が明かされるかもしれない。助手はそう思った。そもそも警察がこの研究所に行きついている時点で、死体と全くの無関係を装うのは難しい。ならばいっそ自白して、発明品に深入りさせないのが今できる最善手だろう。そう思い至り、彼は罪を認めた。ＡＩが捏造したストーリーをそのまま話す。

彼は殺人と死体遺棄の疑いで連行されることになった。騒ぎを聞きつけた博士やスタッフたちが、まるで巣穴から這《は》い出る蟻《あり》のようにぞろぞろと表に出てくる。

助手はパトカーに乗り込む際に、尊敬する上司の顔を一瞥《いちべつ》した。博士のさみしそうな表情を見て心が痛む。だがこれでいい。ＡＩの指示通り、こういうことも想定して工作はしてある。被験者の死が発明品と直接的に関係しているという真相がバレることは、絶対にない。自分の身一つで発明品と博士のキャリアが守られるのなら安いものだ。

パトカーを見送った博士は、安堵《あんど》のため息をついた。

時間に追われていることを理由に手順をいくつか省略したのがまずかった。まさか亡くなるとは。今後、安全性に関する検討をさらに深める必要があるだろう。

正常だったときのバイタルの映像をモニターに映し出すことで、業務引き継ぎ時点ではまだ被験者は生きていると錯覚させるという案は、とっさに考えたにしては上出来だった。モニターのカメラで実験室を監視し、助手が離席したタイミングを見計らって遠隔操作で元の画面へ切り替えることで、うまく死亡のタイミングを誤認してくれた。しかしAIを装って死体遺棄を誘導させるところまでは良かったが、さすがに警察の捜査から逃れることはできなかったようだ。

また新しい助手を探さなくては。彼には悪いことをした。出所後の就職先の斡旋《あっせん》くらいはしてやろう。経歴などどうでもいいから、とにかく自分の手足のように動く助手がほしいという狂った科学者は周りに腐るほどいる。彼はまあまあ優秀だし、何より上司を疑うことのない忠実な性格は、前科持ちでも重宝されることだろう。

卑怯者　伽古屋圭市

人を殺してしまった。

突然やってきた旧友と相対し、あらためてその事実を突きつけられる気がした。

「中田《なかた》、台所借りるぞ――」箕輪《みのわ》は一年以上ぶりというブランクをまるで感じさせない気楽な口調でそう言った。「いい豚肉を知人から貰《もら》ったんだ。フライパンとか使っていいよな」

「台所にあるものは勝手に使ってくれ。調味料とかはほとんどないが」

妻の紗季《さき》が死んでから、料理はまるでしなくなった。

「かもしれない、と思って全部用意してきたよ」

そう言って箕輪は快活に笑った。そんなふうに笑える彼が正直、妬《ねた》ましい。

「そういえば――」手際よく肉を焼きながら彼は大声を張り上げる。「昔、紗季さんからオススメの精肉店を教えてもらったことがあったんだよな。覚えてるか」

「いや、さっぱり覚えてないが」

「たしか以前バーベキューに行くときにＬＩＮＥで教えてもらったんだよ。今度友人とバーベキュー行く予定しててさ。店の名前、確認してくれないか」

紗季の話題を出したのはあえてだろうかと訝《いぶか》しむ。とはいえ紗季が自殺して一年以上が経《た》つ。気を遣いすぎるのも変と言えば変ではあるが。

そのときにつくったＬＩＮＥのグループを見つけ、トーク履歴を確認して店名を教えた。彼はおおげさに感謝を伝え、完成した料理を持ってくる。

「豚肉の生姜焼《しょうが》きだ。これがまたビールのあてに合うんだよ」

皿をリビングのローテーブルに置き、箕輪もソファに腰かけた。ビールのプルトップを引くと同時に「小野寺《おのでら》が行方《ゆくえ》不明なの、知ってるか」と告げる。

にわかに心臓の鼓動が高鳴りだす。

小野寺――。妻を自殺に追いやった男。おれが殺した男。

「さあ、初耳だが」ここはしらを切るしかない。

「そっか――」まるで気にしないふうに箕輪はうなずいた。「五ヵ月くらい前、山で遭難したらしくてな。けっきょく死体も見つからずじまいだそうだ」

ふーん、と曖昧《あいまい》な相づちを打つことしかできなかった。箕輪はつづける。

「彼の部署とは仕事で絡みもないし、明確に死亡が確認されたわけでもないからか、ぜんぜん知らなくてな。つい最近、ひょんなことからたまたま知ったんだ」

いちばん恐れていた事態だった。彼の耳だけには入ってほしくなかった。心臓の鼓動がさらに速まる。それを悟られないように生姜焼きを口に運び、ビールで流し込む。

大丈夫だ。手は震えていない。平静は装えている。生姜焼きはやたらと旨《うま》かった。

「それで先日――」箕輪はビールを口に含む。「彼の両親に会ってきたんだ。会社の同僚だって言ってな。喜んでいろいろ話を聞かせてくれたよ。彼は登山仲間とふたりで山に入って、そこでふたり揃《そろ》って滑落、遭難したらしい。で、その仲間ってのは、中田って人物らしい」

否定しようとするおれの機先を制するように、「両親に――」と箕輪はつづけた。

「きみの顔写真を見せた。間違いなくこの人だとふたりとも証言している」

彼は横に座るおれをじっと見つめていた。

小野寺には「田中《たなか》」と偽って接触した。「中田」と名乗れば紗季と関連づけて警戒される恐れがあったからだ。偶然を装って知り合いになり、怪しまれないように少しずつ距離を詰めていった。しかし遭難後の通報時は本名を名乗らざるを得ない。その後も彼の両親とは何度も会って話をしている。当然おれの本名も知っている。

両親に顔写真を見せたというのはブラフかもしれない。しかし、確かめようと思えばいつでも確かめられるのも事実だ。ここは観念するしかなかった。

「そうだよ、小野寺と山に行ったのはおれだ。ただ、勘違いしないでくれ。彼の人となりを知りたかっただけだ。紗季が自殺して、ずっと暗闇を歩いているような気分だった。そこから抜け出すために、現実と向き合う必要があると考えた。とりあえず無条件で恨みつづけている小野寺に会って、話をしたかった。どんな男か知りたかった。素性を明かせば拒絶されるのはわかっていたから、素性を隠して近づいた。しかし、滑落、遭難したのは本当に不幸な事故だったんだ。おれだって死にかけた。二日間山をさまよって、命からがら下山できたんだ」

「それを、信じろと？」

「おれは事実を語っている」

小野寺と紗季は、同じ部署の同僚だった。おれも当時は同じ会社で働いていたが、小野寺に会ったことはなく、紗季を通じてしか知らなかった。

小野寺は不正な会計処理をおこなって会社の金を着服していた。彼が狡猾《こうかつ》なところは、それが紗季の仕業であるように巧妙に偽装工作をしていたところだ。不正会計が発覚し、紗季が疑われた。状況から犯人が小野寺なのは明らかだった。もちろん紗季はそれを必死に主張したが、会社は彼女を疑いつづけた。

卑怯者《ひきょうもの》、卑怯者、卑怯者――！　紗季は泣きながら叫んでいた。おれは彼女を応援しつづけた。無実を訴え、真実を語りつづけるしかない。真実が嘘《うそ》に負けるわけがない。正義が悪に負けるわけがない。必ず信じてもらえるから、絶対に負けるなと。

けれどある日、彼女は自ら命を絶った。

「もう疲れた」とだけ、走り書きのような遺書があった。

死んだら負け。相手の思う壺《つぼ》。むしろ悪をのさばらせるだけ。――などと部外者が言うのは簡単だ。けれど当事者は、本人は、そこにしか逃げる場所がないと思い込んでしまう。ほかになにも考えられなくなる。

応援するだけで、紗季のためになにもできなかった自分を悔いた。まさか真実がこうも簡単にねじ曲げられるとは思いも寄らなかった。こんな結末は想像だにしなかった。紗季を救えなかった自分を罵倒《ばとう》した。紗季の死に加担した会社に居つづけることはできなかった。

小野寺による殺人、の可能性も考え、彼のことを調べはじめた。横領の理由は闇カジノというくだらない理由はわかったが、紗季の死は紛れもない自殺であることは認めざるを得なかった。ただ、彼が登山を趣味にしていることがわかった。そこから、計画は動き出した。

箕輪は「そうか……」と小さく吐息をついた。

「きみとしては、当然そう言うよな。とりあえず、気を悪くせずに聞いてくれるか。小野寺の両親から聞いた遭難時の様子から、もしこれが殺人だとしたら、という仮定で山に詳しい知人に推理してもらった。もちろん固有名詞は伝えず、あくまで架空の話として推理してもらったものだ。仮に被害者をA、加害者をBとしようか。

四月中旬の平日、ふたりは奥秩父《おくちちぶ》の山に入った。この時期はまだ小屋開け前で、ほとんど登山客がいないらしいな。平日ならテント場もおそらく貸し切りだったはず。予定は一泊二日。Aは会社員なので有給を二日使ったことになる。どうやってBがAを誘ったのかは不明だが、なにかしら魅力的な『餌《えさ》』を用意したんだろう。

初日の夜、日が暮れてから、BはAを切り立った崖に面した道に連れ出す。いくら人のいない山域とはいえ、昼間だとふいに登山者が現れる可能性はあるからな。しかし夜ならまず目撃はされない。そこでBはAを殺害し、崖下に突き落とす。死体を隠す工作もしたかもしれない。

そこからBは三日ほど、誰にも見つからないように山中に籠もった。ビバークと言うらしいな。そして下山し、警察に通報する。同行者Aといっしょに滑落し、遭難した。滑落時にAとは離ればなれになった。Aは無事に下山したか？　とな。Bが遭難したふりをしたのは捜索開始を少しでも遅らせるためだ。犯行の痕跡《こんせき》は消えるし、獣がAの死体を食らい、動かしてくれるかもしれない。さらには疲労困憊《こんぱい》の様子で下山し、ともに遭難したと証言すれば信憑性《しんぴょう》は増す。そして警察には嘘の滑落地点を伝える。そうすればAの死体が見つかることはまずない。実際、見つからなかった」

感心する。おれが実際におこなった犯行の流れをほぼ言い当てていたからだ。もっとも、登山経験者がこれを殺人だと仮定して推理を組み立てれば、おおむね正解には辿《たど》り着けるだろう。しかし、そんな穿《うが》った見方をする人間はいない。そんなことをすれば多くの山岳遭難を疑ってかかる必要に迫られる。

それに横領の件は紗季の死によってうやむやになった。事件にはならず、会社は公表すらしていない。警察がおれと小野寺の関係性を訝しむ可能性はゼロだった。

唯一、この遭難事故にきな臭さを嗅《か》ぎ取れるのは、箕輪だけだった。紗季と小野寺の一件は、おれを通して彼はつぶさに知っている。だが、どれほど見事に言い当てようと、彼が語ったのは根拠のない空想だ。証拠はもう、どこにも存在しない。

「どうだ」と目を合わせずに箕輪は言った。「どこか間違ってるか」

「全部間違っているよ。そんなのはただの妄想だ」生姜焼きを噛《か》みしめる。

「Bは――」彼はそのまま壁に語りかけた。「滑落時にスマホを紛失したと証言したらしいな。おかげで三日も山をさまよう羽目になったと。実際、スマホがあれば現在地がわかるし、どこかで通報もできたはずだ。逆に言うと、大怪我《おおけが》をしなかったBが三日も山をさまようには、スマホを紛失したと証言するしかない。疑われないよう、実際にスマホは山中で処分したはずだ。いまどき、たいていのデータはアカウントがあれば復活させられる。画像とか、連絡先とかな。ただ、ＬＩＮＥのトーク履歴は復元できないんだ。なあ、中田――」

今度はまっすぐおれの目を見つめる。

「どうしてさっき、過去のトークを確かめられた。紗季さんの告げた店の名がわかった。確信はあった。きみは絶対に、紗季さんとの思い出を消去するはずはないとな」

「紗季がかかわるデータは――」おれはみっともなく足掻《あが》く。「事前にすべてバックアップしていた。なにがあっても失わないように」

「じゃあその新しいスマホ、いつ購入したのか教えてくれるか。遭難事故からまだ半年も経っていない。購入日時を証明できるものはなにかしら残ってるよな」

おれはなにも答えられなかった。新しいスマホは、山に行く前に購入していた。バックアップがうまく取れていなかったなど、復元が失敗することだってある。そうなったらもう取り返しがつかない。復讐《ふくしゅう》を果たすために紗季との思い出を失うなんて、絶対に容認できなかった。

危険性は認識していたが、どうせ疑われることすらないはずだと自信もあった。だから事前に新しい端末を購入し、先にデータの移行を済ませておいたのだ。おかげで山に持参したスマホを躊躇《ちゅうちょ》なく投棄することができた。

「なあ、中田——」再び箕輪は壁を見やる。「べつに問い詰めるために来たわけじゃない。警察にも、誰にも、告発するつもりはない。けれど、それが本当の正義なのか、もういちど考えてほしい。悪事を犯し、それを黙って、ごまかそうとするならば、それは小野寺と同じ卑怯者なんじゃないか」

愕然《がくぜん》とする。おれが小野寺と、同じ……？

卑怯者、卑怯者、卑怯者——！　紗季の叫び声がこだまする。

憑依　美原さつき

人を殺してしまった。

部屋に横たわる友人の亡骸《なきがら》を見て、市川沙由花《いちかわさゆか》は酔いが冷めていくのを感じた。

数時間前まで、十年来の友人である佐藤敦子《さとうあつこ》とマンションで宅飲みしていた。そのさなかに、不幸な事故は起こってしまった。

きっかけは、ささいなできごとだった。沙由花は動物園の飼育員で、敦子は古生物担当の博物館学芸員。仕事話の果てに、カワセミとヤマセミのどっちが可愛《かわい》いのかで言い争いになったのだ。他人から見ればどうでもいいことかもしれないが、生物マニアの自分たちには極めて重要な話だった。酔った勢いで激しい取っ組み合いになり、沙由花は敦子を派手に投げ飛ばした。その際、敦子は柱の角で後頭部を強打してダウン。ひどく酩酊《めいてい》していたこともあり、沙由花はそのまま酔い潰れて寝てしまった。そして、午後十一時頃に目覚めてみれば、眼前で友人の体が冷たくなっていたのだ。

パトカーか救急車を呼ばなければ――と沙由花はスマホに手を伸ばしたが、すぐにやめた。馬鹿正直に出頭しても、どのみち刑務所にブチ込まれるのは確定している。まだ二十六歳なのに、貴重な若い時間を監獄の中で消費するのは絶対に嫌だ。

隠蔽《いんぺい》だ。隠蔽するしかない。

敦子の衣類や財布などは処分するなり、どこかに隠すなりしよう。スマホは電源さえ切っていれば、ＧＰＳ信号が発信されることはない。

問題なのは、敦子の体だ。いったいどうやって隠す？　山の中に死体を埋めてやろうかと思ったが、地面に深い大穴を掘るのは、大柄な男性でも大変そうだ。女の自分ではきっとものすごく時間がかかり、埋めているところを誰かに見られかねない。

さらにまずいことに、明日は仕事だ。敦子が行方《ゆくえ》不明になったタイミングで欠勤すれば、親しい友人の自分が真っ先に疑われる。諸々の点から、死体埋め作戦はＮＧだ。死体がゴミ袋から発見されたというニュースもよく見るし、素人《しろうと》が隠そうとしても、きっとすぐ見つかる。この世に敦子の屍《しかばね》がある以上、言い逃れのしようがない。

そうだ。それなら、死体をこの世から抹消してしまえばいい。

自分は動物園の職員で、鳥類の飼育担当。死体処理の当てはいくつか考えられる。

沙由花はさっそく行動に移った。まず、近所のホームセンターにて買ってきたブルーシートで敦子の体をぐるぐる巻きにする。そして、マンションの管理人が廊下に置きっぱなしにしている台車を無断で借用し、遺体を愛車のセダンの後部座席へと運ぶ。

うちの園の可愛い鳥たちに、敦子の死体をおいしく召し上がってもらう。細切れにして腹の中に入ってしまえば、警察とて見つけようがないはずだ。

隠蔽工作を完全なものとするために、いろいろと準備するものがある。沙由花は二十四時間営業のスーパーに立ち寄り、卵とヤマイモを大量に購入した。

日付が変わる頃に動物園に着くと、事務所には力士のように体格のいい青年がいた。

入社一年目の新人で、同じ鳥類担当川本大樹《かわもとだいき》だ。本園では基本的に宿直勤務はないのだが、生真面目《きまじめ》な大樹は事務所に残って勉強している。

「あれ、沙由花さん。定時で帰ったんじゃないっすか。お友達と飲むからって」

いたのがこいつで助かった。大樹はひどく鈍感で、超がつくほどのお人好しだから、怪しまれることはないだろう。

「いやぁ、ヌートリアの骨格標本の作製を頼まれちゃってさ。他にやることもあるし、私も今日は泊まり込むわ」

標本作製の期日が差し迫っているのは事実。泊まり込むには十分まっとうな理由だ。大樹は一切の疑いを抱くことなく、恭しく頭を下げてから退勤した。

沙由花は敦子の死体を台車に乗せて、解剖室兼骨格標本作製室へ移動した。ここには、風呂ほどの大きさの鍋が設置されている。敦子の死体を大鍋の中に入れたら、大量の水とありったけの炭酸ナトリウム粉末剤をぶち込んで煮詰める。高温の強アルカリ性液はタンパク質を分解し、肉を軟らかくしてくれるのだ。人間の死臭を隠すため、皮を剝いだヌートリアの死体も一緒に鍋に入れる。骨格標本を作る手間も省けて一石二鳥だ。

「じゃあね、敦子。あんたいいやつだったわ」

熱湯の中で崩れゆく友人の顔を拝みながら、沙由花は満足げに微笑《ほほえ》んだ。

ときどきトングで死体を摘《つま》み上げてチェックし、肉が骨から外れてきそうなタイミングで敦子の体を引き上げた。大きめのブラシや包丁である程度肉を削ぎ落としたら、肉片を大型のバットに入れて、台車で飼料調理室へと持っていく。ミンチ状になった敦子の肉を複数のボウルに小分けにすると、そこに卵黄とヤマイモのすり下ろしを投入。粘り気が出るまでしゃもじでこねたら、耐熱皿に移して薄く引き延ばす。設定温度百八十度で三十分ほど焼けば、ハンバーグ状の肉料理となる。

これぞ究極の人肉飼料。敦子バーグのできあがりだ。

餌に使えない髪の毛は、掃除機のゴミと共にビニール袋に入れて廃棄。内臓はあらかじめ敦子の体から取り出しており、陸生の小型鳥類キーウィの餌にするつもりだ。

朝を迎えると、沙由花は同僚たちに適当に挨拶しながら、担当動物の給餌に向かった。恐る恐る、飼料の入ったトレイをイエガラスの手前に置く。加熱調理した人肉を食べてくれるか正直不安だったが、予想以上に食いつきがよく、カラスたちは猛獣のように敦子の肉塊をがつがつと平らげていた。

古生物学者である敦子から、鳥は恐竜の子孫だと説かれたことがある。確かに、この荒々しい食いっぷりを見ていると、目の前のカラスが肉食恐竜だと錯覚してしまう。

残りの敦子バーグは食べやすい大きさにカットし、他の雑食鳥類にも与えた。せっせと人肉飼料を啄《ついば》み、死体処理に協力してくれる鳥たちの姿はとても愛しく見えた。

心臓や肝臓はミミズ型の細長い形に切って、栄養補充用のビタミン剤と混ぜておいた。ミミズが大好物のキーウィたちは、さもうまそうに紐《ひも》状の内臓片を食べてくれた。

続いて、骨の始末だ。当園は、日本でも珍しいヒゲワシを飼育している展示施設。ヒゲワシは強靱な嘴《きょうじんくちばし》で骨を嚙《か》み砕き、栄養価の高い骨髄を食べてしまう。彼らの胃酸は骨を溶かしてしまうほど強力なので、敦子の骨格をこの世から完全に抹消できる。

沙由花は金槌《かなづち》と包丁で敦子の骨を可能な限り細かく割って、ヒゲワシたちが食べやすいサイズに加工した。そして、しれっと餌用のブタの骨と交換する。さっそく飼育舎に持っていってやると、三羽のヒゲワシがものすごい勢いで沙由花のもとへ飛来し、奪い合うように敦子の骨にかぶりつき始めた。バリバリと鳴る骨の破砕音が、沙由花の胸に心地よく響いた。残った食べカスは、清掃の際にゴミと一緒に捨てればいい。そこまでいけば、完璧な証拠隠滅だ。

人肉の給餌を済ませると、沙由花は平然と日常業務に戻った。来園者向けのガイドイベントや飼育舎の掃除をスマートにこなし、定時の午後五時半きっかりにあがった。

帰宅すると、即行で敦子の身の回り品の始末に取りかかった。服は燃えるゴミとして廃棄、財布は現金ごとネコババ。スマホはハンマーで適度にぶっ壊してから、電気街のジャンク屋に売り飛ばした。夜八時頃には、全ての隠蔽工作が終わっていた。

テレビのニュースでは、まだ敦子の失踪は報じられていない。そのうち、家族から捜索願が出されるだろう。だが生憎《あいにく》、すでに敦子の体は可愛い鳥たちの腹の中だ。

心配事を一切持ち越さず、沙由花は穏やかな心地で翌朝を迎えた。

しかしながら、いつも通りに出勤したとき、動物園は物々しい雰囲気に包まれていた。沙由花が事務所に入った瞬間、大樹が大汗を垂らしながら駆け寄ってきた。

「沙由花さん。緊急報告っす。イエガラスが人間の髪の毛を吐き出したっす」

「は……はぁあ？　それ、どういうことよ。今すぐ詳しく聞かせなさい」

心臓にナイフを突きつけられたかのように、沙由花の心拍が一気に乱れた。

「いつも元気なオスのアンドレが具合悪そうだったんで、最近吐いたペリットを調べてみました。そしたら、女の人の長い髪の毛のようなものがたくさん出てきたっす」

ペリットとは、鳥が吐き出す未消化の胃内容物の塊だ。そこから敦子の体毛が出てきたらしい。粗方取り出したつもりだったが、肉片の中に多少残っていたようだ。

「園長には報告済みっす。さっき警察に通報してくれたみたいっす」

この木偶《でく》の坊、余計なことをしてくれた。おかげでこっちは人生最大のピンチだ。

「事務員の加奈《かな》さん、めっちゃ怖がってたっす。髪の毛には人の怨念が宿るっていうから、鳥たちが悪いものに取り憑《つ》かれてるんじゃないかって」

「そんな迷信はほっときなさい。髪の毛に怨念とか、呪いの市松人形じゃあるまいし」

それから二十分と経《た》たずして、刑事っぽい格好の警察官が何人もやってきた。カラスが吐き出した髪の毛を回収すると、刑事たちは職員一人一人に聞き込みを始めた。もちろん、沙由花は何も知らないふりを決め込んだ。「これは何かの間違いだ。誰かの髪の毛が、偶発的に餌に混入したんだ」と強く言い切った。質問攻めや施設の調査が一段落すると、情報を精査するために、刑事たちはいったん署に戻っていった。

この場は乗り切れたものの、問題はここからだ。体毛のDNA含有量は少ないが、優秀な日本の警察の分析技術ならば、いずれは身元を特定してしまうだろう。さらに、防犯カメラの映像を管理会社が開示すれば、沙由花の事件への関与が発覚する。

イエガラスの檻《おり》をモップで掃除しながら、沙由花の脳裏に大胆な案が浮かんだ。こうなったら国外逃亡だ。大好きな鳥たちといつも一緒にいられるように、熱帯地域の発展途上国にでも逃げてやろう。そこで戦闘訓練を受けてパークレンジャーになって、密猟者どもを撃ち殺し、野生動物を守るために働くのも悪くない。

腹は決まった。警察が証拠をそろえて捕まえに来る前に、なるべく早く日本を発《た》つ。そんなときだった。ふと我に返った沙由花は、言い知れぬ違和感を覚えた。

おかしい。ケージ内が異様に静かだ。鳥たちの囀《さえず》りや羽ばたきの音が聞こえない。恐る恐る上を仰いでみる。カラスたちは止まり木の上で一様に並び、こちらを凝視していた。何か目的を持っているかのように、ただじっとこちらに視線を送ってくる。

次の瞬間だった。突如、正面の一羽が飛び降りて、沙由花のもとへ急降下してきた。

そのまま、まっすぐ沙由花の喉笛に深々と嘴を突き刺した。その一撃が合図となり、カラスたちが一斉に飛びかかってきた。嘴で、爪で、体の至るところを傷つけられる。

八羽のカラスの翼に全身を覆われたまま、沙由花はその場に崩れ落ちた。

激痛を超えた痛みが一瞬おきに全身に走り、到底まともに動くことができない。カラスたちは攻撃の手を緩めず、沙由花の柔らかい肌を深々と切り裂き、肉の奥に嘴をぐいぐいと押し込んでくる。

生きたまま食う気だ。嘴で肉を抉《えぐ》られる感覚が、さらなる痛みと共に伝わってくる。

人肉の味をしめたのか。雛《ひな》の頃から育ててきた飼育員にまで襲いかかるほどに。

「沙由花さん！」

大樹の必死な顔が観察窓の向こうに見えた。だが、飢えた悪魔のごとく暴れ回るカラスの群れに怖《お》じ気づき、助けに入って来られないようだ。

血溜《ちだ》まりの中に沈む沙由花は、もう痛みを感じていなかった。全ての感覚が消えゆく中で、本能のままに荒ぶる鳥たちの残忍な姿が、強く目に焼きつけられる。

そうか。ようやくわかった。敦子が言っていた通りだ。

絶品の肉を食べさせたことで、恐るべきものを呼び覚ましてしまった。

彼らは取り憑かれている。それは怨念ではない。血の中に眠る祖先の記憶だ。

床に映ったカラスの影には、信じられないほど巨大な牙が生えていた。

麻雀　志賀晃

人を殺してしまった。

生前に殺人の罪を犯した者は、閻魔《えんま》大王の裁定により様々な地獄に落とされる。その中でもとりわけ多くの人を殺してしまった極悪人は、地獄の一番深いところにある無限地獄の特別な施設に送られることになっていた。そこで大鍋の中でぐつぐつと煮られたり、熱した針で刺し抜かれたりと、地獄のフルコースの責め苦が行われていたが、一週間に一日だけ休みがありその時だけは自由に行動することができた。

「その白《ハク》、ポン」

現世の刑務所でも余暇時間には賭け事が盛んに行われているが、この地獄の施設では麻雀《マージャン》が行われていた。

「なんや、ヒットラーのおっさん、大三元《ダイサンゲン》狙いかいな。オーラスで最下位やさかい怖いもん知らずかもしれへんけど、相変わらずえげつないことするのー。こっちの迷惑も考えてほしいわ」

ドイツ人の右隣りに座っていたロシア人がそう言った。立派な髭《ひげ》を蓄えていて、ウオッカの飲み過ぎのせいか顔が真っ赤だった。

「黙れ、スターリン！　俺がどんな手を作ろうと勝手だろうが」

チョビ髭のドイツ人は最後に一発逆転を狙っていた。ちなみに当たり牌《はい》は「西《シャー》」だった。

「何言うとんねん。独ソ不可侵条約を破ってバルバロッサ作戦をしたせいで、我が陣営は二六〇〇万人を超える尊い命が失われたんやで」

「そんなの戦争なのだからお互い様だろ。こっちだって独ソ戦だけで一〇〇〇万人は死んでいる。だけどあの作戦は失敗だった。いくらソ連が弱いと言っても、東西の二正面作戦には無理があった。それもこれも日本が真珠湾《しんじゅわん》攻撃をして、アメリカを怒らせなければこんな所に来なくて済んだのに」

「おまえはほんまにわかってへんな！　ユダヤ人の大虐殺とか、ジブンのやったありとあらゆる悪行を、閻魔さんが見逃してくれるはずがないやろ。少しは反省せぇ」

ロシア人はそう言いながらも、役満の国士無双に誰かが振り込んでくれることを願っていた。ちなみに当たり牌はドイツ人と同じ「西」だった。

「確かに俺は、六〇〇万人ものユダヤ人を殺した。しかしお前は自分の国の国民を、粛清と称して大虐殺した。同じ大量殺人でも、お前の方が遥《はる》かに罪は重い」

「あほか。ジブンは労働力になれへん老人や子供たちを率先して殺したやろ。同じ殺人やったら、ジブンの方が遥かに罪深いわ」

ロシア人が強く麻雀台を叩《たた》いたので、積まれていた牌の山が崩れそうになった。

「ふん、何とでも言え。だけどお前がウクライナでやったことを、俺が知らないとでも思っているのか。お前の無謀な政策のせいで、数百万人の餓死者を出したじゃないか」

ウクライナは「ヨーロッパのパンかご」と呼ばれる豊かな穀倉地帯だったが、この赤ら顔のロシア人はウクライナに異常な農業生産のノルマを課した。そしてそれが達成できないとなると、あろうことか作付け用の穀物まで根こそぎ徴収してしまったので、人為的な大飢饉《だいききん》「ホロドモール」が起こった。

「へー、スターリンってそげなこつもやっちょったんじゃ。最近、プーチン君がウクライナに侵攻したけんど、ロシアってげに歴史に学ばん国ちゃね。捨て牌にもそれがよう表れちょん。役満の国士無双が見え見えやなあ」

ロシア人の右隣りに座っていたイタリア人は、ゆで卵の殻を剝《む》きながらそう言った。

「おい、コロンブス。いらんことを言ぃなや。最後に大逆転するためには、ここは勝負するしかあらへんのや」

「ヒットラーもスターリンも、生きとった時と同じで他人の迷惑を考えんで無茶するよね。ほんじゃがなんで歴史的な大発見をしたこのわしが、なしてこがいな極悪人たちと一緒にされにゃあならんのじゃ。全くもって納得いかん」

イタリア人は役満の九連宝燈《チューレンポウトウ》で一発逆転を狙っていることを、周りに気付かれないようにするのに必死だった。

「コロンブス。確かにアメリカ大陸を発見したのは大したもんや。やけど歴史の教科書ではその功績ばかりが取り上げられるが、オノレはアメリカを黄金の国のジパングだと勘違いして、新大陸で金の奪略ばかりやっとった。ほんで大陸に金がないことが分かると腹いせに原住民を大虐殺して、さらには奴隷として原住民を売り飛ばしたらしいな。ホンマにえげつないことするよな」

ロシア人は白目を剝いてウオッカを呷《あお》った。

「その話なら俺も閻魔様から聞いたぞ。何しろ圧倒的な武器の差があったから、まるでゲームやスポーツのように原住民を殺したそうじゃないか。そしてお前の後継者たちは、アステカ帝国やインカ帝国を亡《ほろ》ぼしてしまったぐらいだからな。当時はそんな理由で大量殺人した奴はいなかったから、ここに送られるのは当然だったらしい」

ドイツ人はチョビ髭を撫《な》でながらそう言った。

「そりゃそうだけど、その後はわれらみたいに桁違いに人を殺す奴らが増えてしまうたんで、今じゃわしのやったことなんて可愛《かわい》いもんだ。さて、下家が国士無双で対面は大三元か。上家はポーカーフェイスでどがいな手牌か想像つかんけど、リーチじゃ」

イタリア人はリーチ棒を放り投げた。ちなみに当たり牌は「三萬《サンワン》」だった。

「リーチですか。コロンブスさん、相変わらず強気ですね」

人民服を着た恰幅《かっぷく》の良い中国人が呻《うめ》くように言った。

「毛沢東《もうたくとう》。わしのゆで卵のエピソードはご存知じゃろ。今、二位のわしがあんたを逆転するためにゃあ、ここはリスクを取らにゃあいけんのじゃ」

「でもあの話は作り話だろ。真っ赤な嘘《うそ》だって聞いているぜ」

チョビ髭のドイツ人がそう言った。

「そがいなこたぁどがぁでもええのさ。うちゃ偉大な冒険者として後世に名を残し、あんた方は残虐な殺人者として歴史に名を刻まれたわけじゃ」

「ちょっと待ってや。ウチはこのドイツ人とは違い、ロシア革命を成功に導き第二次世界大戦に勝利した英雄や。東西冷戦時代も東側陣営を統率してきた。このドイツ人とはわけがちゃうんや」

「でもウクライナでは、アウシュビッツ以上の惨劇が行われたんじゃろ」

「シーーーーー」

ロシア人が唇の前で人差し指を立てる。

「そんな大きな声を出しなさんな。こっちは秘密主義の国やし、戦争にも負けなかったから、そのことはあまり世間に知られとらへんのや。ワレが新大陸でやった悪事が今一つバレとらへんのと、実は同じことやねんで」

「やっぱりそういうことか。やっぱり戦争は勝たないとなー。日本が真珠湾攻撃なんかしなければ、こんなことにはならなかったのに」

チョビ髭のドイツ人がため息を吐《つ》いた。

「まああ、過去の話を蒸し返してもしょうがないですよ」

そう言いながら中国人が「東《トン》」を切った。

「西」と見間違えたのか、ドイツ人とロシア人の指先が動いたが、牌が倒れることはなかった。

「毛沢東。あんたもぶち度胸があるんじゃのぉ。なんぼ断トツで勝っとるけぇといって、ようそがいな危ないのを切れるよな。さすがにここのナンバーワンだけのこたぁあるんじゃのぉ」

歴史上、最も多くの人を殺したとされているのがこの中国人だった。

「私の場合は、国の人口が多いですからしょうがないんですよ」

「それにしたって大躍進政策の失敗で餓死者が四〇〇〇万人、その後の文化大革命で二〇〇〇万人。合計で六〇〇〇万人を殺したからね。もう次元が違うよ」

ドイツ人がため息交じりにそう言った。

「しかもそのほとんどが自分の国民やからね。ワイやヒットラーのおっさんだって、そこまではやらなんだ」

ロシア人はウオッカを一口飲みながら、中国人を一瞥《いちべつ》する。

「スターリンもヒットラーも呆《あき》れるほど人を殺してきたけど、さすがに毛沢東の記録が破られるこたぁないじゃろうね」

イタリア人はゆで卵に塩を振りながらそう言った。

「そんなことはないですよ。最近は核兵器がありますからね。ならずものの独裁者が核兵器を使うかもしれませんし、ましてや全面的な核戦争になってしまえば、私の記録なんてあっという間に塗り替えられるでしょう。何しろ今では、地球を何度も破滅させられる量の核兵器があるらしいですから」

「いやいくら独裁者でも、流石《さすが》に核兵器を使う人はいないでしょう」

ドイツ人が首を左右に振りながらそう言った。

「ヒットラーのおっさんが言う通りやで。わいの後輩のプーチンが使う使うと脅しでは言うてるが、現実的にはまずせぇへんやろ」

赤ら顔のロシア人が大きく頷《うなず》いた。

「しかし最近は人工知能が発達してきたけぇのぉ。AI兵器も当たり前のようになってきたけぇ、汎用人工知能が暴走して全面的な核戦争なんてことが起こらにゃあも限らんよ。それで人類が滅亡したっておかしゅうはない」

イタリア人はリーチを掛けてしまったので、自模《ツモ》った牌をそのまま切るしかなかった。

「もしもそうなったら、誰がここに送られて来るんでしょうね。核のボタンを押した人間がいないなら、オッペンハイマー君みたいに、その人工知能を発明した人なんですかね」

断トツトップの余裕か、中国人は無造作に「北《ペー》」を切る。ドイツ人とロシア人の指先が動いたが、やはり牌が倒れることはなかった。

「じゃあ、その汎用人工知能を発明した奴が、ここの新しいナンバーワンになるわけだな」

ドイツ人はそう言いながら、自模った牌をそのまま切った。

「いや、汎用人工知能っちゅうのは、人工知能が発明する物らしいので、案外誰もここにはきぃひんのとちゃうかな」

ロシア人がもう一口ウオッカを呷った。

「何億人の人が死んでも、だあれも罪に問われんなんて、奇妙な時代になったものじゃのぉ。そうなると、やっぱり毛沢東の記録は破られんかもしれんね」

リーチをかけたイタリア人が引いた牌をそのまま切ると、中国人が叫んだ。

「ロン」

「やられた！　毛沢東、どがいな手か。やっぱり役満か」

「いいえ、平和《ピンフ》です。私は昔から平和が好きでしたから」

自白と創作の狭間　海堂尊

人を殺してしまった。

「この一行で始める、ショートショートを執筆していただきたいんです」

編集Sは相変わらずの無茶ぶりである。締め切りを聞いて俺は驚愕《きょうがく》する。依頼から締め切りまで一ヵ月もない。いくらショートショートといっても、それはないだろうというスケジューリングである。まあ、いつものことではあるが……。

だが、この依頼の真の問題点はそこではない。問題は俺の性癖にある。いや、性癖といっても、そっち方面の話ではない。

作家としての俺のスタイルである。

作家となった俺には、前歴が医師だったというウリがあった。

デビュー後、俺は医師という特殊な職業で知り得た情報を元にして、作品を書きまくった。だがそれは、作家を目指す者なら誰もがやることで、医師兼作家も増えた今の時代、さほど珍しくもない。

そんな俺の作家としての性癖は、もしもバレたら大変なことになりかねない。

世評はいろいろあるけれど、俺は根っからの正直者だ。

デビューして気づいたのだが、俺には作家としての一番重要な資質が欠落していた。

嘘《うそ》が下手《へた》。作り事が苦手。実は馬鹿正直。

それは全て、想像力の欠如から来る弱点である。

その帰結として俺は自分が経験したこと、あるいは自分が真実だと思ったことしか書けない、難儀な作家になってしまった。

だが、知り合いから聞いた話でも、本当のことだと思えば書くことができる。

逆に言えば、俺の書く作品は全てフィクションの皮をかぶったノンフィクションだ、ということになる。そうした問題点を自覚した上で俺は、自分が書きたいものを書きたいように書くという執筆スタイルを確立した。それは必然だった。なぜなら真実の告白を核に含むということは、それを隠すための枠組みが必須になるからだ。

そうしないと単なる告発文書になってしまい、多方面から種々の攻撃を食らい、いつか致命的なダメージになること必定だからである。

俺だって、それくらいの世間知は持ち合わせている。さて、そこで問題である。

人を殺してしまった。

このお題で書くことは、俺が知っている人殺しの告発をする、ということになる。

ただでさえ俺には粘着アンチがいて、この物語の元ネタはあの医療事故だ、などという指摘がSNSに上げられ、当然ながらかなりの高精度で的中する。そんな粘着アンチの前に今回のショートショートを差し出したら格好のターゲットにされることは間違いない。

医師が犯した殺人。これは紛《まが》う事なきスキャンダルだ。

ならば世間に知られている医師の殺人ケースを書けばいいではないか、と思うかもしれない。だがめんどくさいことに、それは作家としての俺の矜持《きょうじ》が許さない。

俺は横着者である。その性質が如実に表れるのが、「二番煎じ嫌い」だ。かつてそんな俺のところにも、二番煎じの執筆依頼が来たことがある。

「外科医だった俺が異世界の料理人に転生して三つ星シェフになるなんて……」なんていうタイトルまで指定されて俺は目眩《めまい》がした。もちろん即座にお断りしたが。

誤解しないでほしいのは、俺は流行の異世界転生モノをバカにしているわけではない。むしろハードルが高く大変だと思っている。二番煎じは「労多くして功少なし」。大ヒットした作品にコバンザメのように張り付いた作品を書いたところで、読者には「ああ、アレの焼き直しね」と思われるだけだし、そのヒット作を超えなければ売れない。しかもその界隈《かいわい》のファンにあら探しをされ、攻撃対象になるなど、百害あって一利なしだ。そもそも森羅万象を書けるのだから、人の書かない世界を書けばいいのであって、似たような作品を書くくらいなら既存の傑作を楽しんだ方がずっと効率がいい。要は、素晴らしい作品を楽しめばいいので、二番煎じを書くなど時間のムダだ。そんな風に考えてしまうあたりが、俺が横着者である由縁なのである。

さて、オリジナル至上主義の俺としては、この「人を殺してしまった。」というお題はとても苦しい。実は俺は他の人が全く知らない「人殺し」ネタを持っているのだ。

それについて書くことは、「俺にしか書けない物語」の最たるもの、つまり「書かずにはいられない物語」だ。ここで一番の問題は粘着アンチが、俺が隠してきた犯罪を嗅ぎ当てて暴露することになりかねない、ということだ。

その「人殺しの物語」の構造は簡単だ。外科医だった俺は、医療事故に見せかけて人を殺《あや》めたことがある。そもそも医療事故は殺人と相容《あいい》れない。「事故」と「殺人」の違いは殺害意志の有無だ。だから「人を殺してしまった。」というお題は、「殺人を犯してしまった」と違う。そこには故意か偶然かの差しかない。そして意志の証明ほど難しいことはない。ところがその最大の難所を埋める、「自白」のような作品を書くと、「事故」を「殺人」に格上げするのはいとも容易《たやす》くなってしまう。

そう考えた時、悪魔の囁《ささや》きが聞こえた。果たして気づかれるだろうか。よしんば気づかれたとしても、それが殺人の告白になると理解できる人間がいるだろうか。

俺が密《ひそ》かに悪意を抱いた人間が、たまたま俺が執刀するオペ患者になったのが全ての始まりだった。相手は俺の悪意を知らず無防備に腸を晒《さら》した。そんな状況になったら我慢できなくても仕方がないだろう。ただし俺も報いは受けた。医療事故調の査問に掛けられ、医療事故と認定されたため、外科医としてのキャリアを失った。

医療事故調は再発防止のための調査機構とされているがそれは建前で、その情報が医療裁判に使われたりもする、信用できないシステムだ。おまけに情報操作によってミスを隠蔽《いんぺい》することも可能なシステムになってしまっている。

だがもともとは「殺人」なのだから、「医療事故」は罪を一等減じるようなものだ。なので痛くも痒《かゆ》くもないがその意思を自分で証明してしまったら、全てがひっくり返ってしまう。

そんなリスクを犯してまで、このショートショートを書くなんてバカげている。

——いっそ、大長編にして微に入り細を穿《うが》ち、書き上げた方が……。

そこまで考えて俺は我に返る。待て待て、そんなことをしたら俺の「告白小説」は完全な「自白調書」になってしまう。ここはショートショート程度で我慢するしかない。でもこんな極上ネタをショートショートで消費してしまうなんて実に惜しい。

そんな風に千々に乱れた思いを抱いた俺だが、気がつくとショートショートを書き上げていた。隅々まで理解している新鮮な素材があって、そこに依頼が重なれば書かずにはいられない、というのは作家の業である。

というわけで俺は仕上げたショートショートを編集Sに送信した。書き上げた原稿があれば、編集に渡してしまいたくなるという衝動も、作家の性《さが》である。

いつもタイトルで悩むことが多い俺だが、今回はお題があったので楽勝だった。

こうして俺が参加したショートショートアンソロジー「人を殺してしまった。」は、突貫工事的だったにもかかわらず、期日通りに無事に刊行されたのである。

しまった。」は好評につき、発売わずか三ヵ月で今回、八刷の重版となりました。

*

――一斉メールにて失礼いたします。ショートショートアンソロジー「人を殺して

俺はプリントアウトされたメールの文面を見て、ため息をつく。

この異例の大ヒットは、俺の作品を収録したからだということは疑いがない。

恐れていたことが起きた。警戒していた粘着アンチが俺の医療事故案件を嗅ぎ当て、このショートショートを連動させてネットにアップしたのだ。その結果、警察が動き、俺は殺人容疑で逮捕され今、灰色のコンクリートに囲まれた拘置所の中にいる。

俺はいざとなればフィクションで物証がない、ということで逃げ切れると思っていた。だが検察は、都合のいい証拠だけを提示し、世論をメディアと一緒になって煽動《せんどう》し、犯人を憎む一般人の気持ちを醸成し、犯罪として固めてしまう、江戸時代から少しも変わらない捜査手法で99・9パーセントの有罪率を誇示している連中だった。

俺の「医療事故」を裁くなら、冤罪《えんざい》という「司法事故」も同等に裁かれなければおかしい、という俺の理屈に、傲岸不遜《ごうがんふそん》、厚顔無恥で鈍感な連中は聞く耳を持たない。

だから冤罪はなくならないのだが。グローバル・スタンダードなんてクソ食らえ、

と考えるのが検察官の連中だ。官僚はワシントンに尻尾《しっぽ》を振るくせに、悪辣な米国の良心的部分である情報公開は無視して、自分たちの流儀を押し通す。創作作品を殺人意志の唯一の物証にするなんて、高野長英《たかのちょうえい》を冤罪にした悪代官・鳥居耀蔵《とりいようぞう》なみの悪どさである。しかもメディアはそれを問題にすらしない。記者クラブという馴《な》れ合い団体で接待を受けている連中にとって、飼い主に刃向かうことなんて、できっこない。

まあ、けれども、実際に殺人を犯している俺が言うことではない、というのも確かなのだが。

それにしても、腹立たしいのは一斉メールの最後の一文である。

——これまで同様、印税分は十等分で支払わせていただきます。多謝。編集S

これだけのリスクを犯して得られた報酬を等分するなんて、どうにも納得ができない。この世は不条理だ、と俺は唇を噛《か》んだ。

＊

その頃、編集Sは優雅にランチ会食をしていた。

「最近はランチも値上がりして、薄給の公務員ではなかなか、こんな豪勢なランチとは無縁でしてね。いいんですか？　本職がこのようにご馳走《ちそう》になって」

「いいんですよ、あのショートショートの大ヒットは、ひとえに高木《たかぎ》さんのご尽力のおかげですから」

男性は鴨《かも》のテリーヌを頬張りながら言う。

「それにしても驚きました。あの案件はかつて捜査したものの殺意が証明できず、放置していました。自白を取るためショートショート・アンソロジー企画を立ち上げるだなんて、相談された時は驚きました。われわれには思いも寄らない手法です」

「あら、でも証拠の捏造《ねつぞう》とか供述調書の創作は、検察の基本的手法なのでは？」

「これは手厳しい。でも検察には読者に配慮するような文才を持つ者はいません。ただこれからは、文学界とも連動した手法は検討していった方がいいかもしれませんね。容疑者候補を推薦しますので、『私は横領してしまった。』という第二弾の企画はいかがでしょうか？」

「考えておきますが、実現の可能性は低いと思います。『二番煎じはペイしない』ということを力説していた先生もいらっしゃるくらいですから」

編集Sが微笑して答えると、「そうですか」と言って赤ワインを飲み干した高木検察官は、残念そうな表情をした。

ある少女の置き手紙

岡崎琢磨

人を殺してしまった。

良心が痛むとかはなかった。だって、死んでも当然のクズ野郎だし。

知り合ったのはX。旧ツイッターのことね。あたしが普段から使ってるアカウントに「16、歌舞伎町《かぶきちょう》S着ホ別3」って書き込んだら——十六歳、ホテル代は別でスキン着用セックス三万円って意味ね——DM送ってきた。で、いますぐにでもお金が欲しかったから会うことにした。

世の中には「売るやつがいなければ買うやつもいない」なんて本気で言ってる大人もいるみたいだけど、バカじゃないのって感じ。だって、どう考えても需要が先でしょ。需要があるからサービスが生まれる。新商品が生まれる。そんな、あたしでもわかる理屈が理解できないのって相当頭悪いよ。

それはともかく、あたしは日時と待ち合わせ場所を指定すると、当日は近くのデパートのトイレでおっさん好みの服に着替えて、ばっちり化粧して向かった。現れたのは四十代くらいのハゲたさえないおっさんだったけど、お金をくれるならそんなことはどうでもいい。夏の激しい雷雨の夜だったから、相合傘で腕組みサービスしてあげて、二人で歌舞伎町のラブホテルに入った。

未成年の女とやりたがる時点で、どうしようもないおっさんだとは思う。でも勘違いしないでほしいのは、ちゃんとお金を払ってくれる人はみんな大事なお客様だってこと。それだけで、クズ野郎呼ばわりなんてしない。

でも、こいつは違った。エッチが終わったあとで、おっさんがトイレに行きたいって言い出したんだよね。それであたし、待ってるあいだにおっさんのカバンをあらためた。モノを盗むつもりなんてなかったよ。ただ、先にお金を受け取るのを忘れちゃったから、ちゃんと持ってるか確認しておきたかっただけ。

そしたら、カバンの中から紙切れが出てきた。きったない字で、こんなことが書いてあった。

〈売春女成敗おじさん参上！

ホ別3だから、3円置いて帰ります。

きみたちはお金を稼ぐ苦労をなめてる。個人で体を売る危険性もまるで理解していない。だから、おじさんが天誅《てんちゅう》を加えることにした。

いい社会勉強になっただろう。これに懲りたら、まじめに働くんだな。〉

こいつ、やり逃げしようとしてたんだ。

似たような手紙を、Xで見かけたことがあった。こいつはその真似《まね》をしただけ、人の傷つけ方にもオリジナリティのないゴミカス。先にお金を受け取り忘れた女の子に対して、隙を見てこの手紙を置いて帰るつもりだったんだよ。そんなやつに、あたしは危うく引っかかりそうになってたってわけ。

頭に来た。もちろんこのまま帰すつもりなんてなかった。けど、問い詰めたところで力じゃ負けるのは目に見えてる。悔しいけどおっさんの言うとおり、あたしは個人で体売ってて、こういうときに頼れる人もいない。

だからあたしはまず、おっさんの財布に入ってたお金を全部抜いて、ついでに免許証の写真を撮った。〈山田武則《やまだたけのり》〉って書いてあって、顔写真までさえないなと思った。

それから護身用に持ち歩いてるナイフを握りしめて、トイレから出てきたおっさんに紙切れを突きつけた。やっぱ、知らない人とエッチするのって何があるかわかんないから、武器は必要なんだよね。これで脅して、今後もお金を巻き上げてやろうと思ってた。

何これって聞くと、おっさんはあからさまにうろたえてたけど、腕っぷしで勝てると踏んだのか、いきなり飛びかかってきた。思わずナイフを構えたら、おっさんのお腹《なか》にブスリ。で、おっさん倒れて、あっという間に動かなくなっちゃった。

どうしよう、って思った。さすがに殺す気はなかったし、こんなやつのせいで捕まりたくない。人殺したら少年刑務所？　何年くらい入ることになる？　よく知らないけど、たぶん出てくるころにはおばさん確定じゃん。そんなの死んでも嫌だった。

焦っても仕方ない。あたしはまず、好きな音楽で心を落ち着かせることにした。

最近ハマってる、歌い手の『てーくん』。TikTokで流れてきた歌声を初めて聴いたときから、心に刺さった。一目惚《ぼ》れならぬ、一耳惚れってやつ？　クリープハイプを歌ってたんだけど、ちょっと大人っぽくてめちゃくちゃイケボなうえに高音がきれいですごくエモいの。

歌い手界隈《かいわい》の多くがそうであるように、てーくんも顔出しはしてなかったけど、お友達のイラストレーターさんが描いたアイコンではメガネをかけてて知的でちょっとシャイな感じ。年齢は二十二歳ってXに書いてた。

あたしはてーくんの動画を見て、Xもまめにチェックして、いつしかてーくんの歌声を聴くのが生きる支えになっていった。最近では、てーくんはオリジナル曲の公開を始めて、SNSのフォロワーもまだまだ少ないけど、ちょっとずつ増えてきていた。

あたしはそれが自分のことのようにうれしかった。

ワイヤレスイヤホンを耳にはめて、スマホで曲を選択する。こういうときに聴く曲は決まってる。てーくんが最初に公開したオリジナル曲、『光』だ。

暗闇の中にいるから光が見える
光を目指して進めば暗闇から抜け出せる

そのフレーズが、あたしはすごく好きだった。そっか、光は暗闇の中でしか見えないんだって、目が覚めたような気持ちになった。

てーくんの歌声を聴いていると、このあと日付が変わる午前零時に、てーくんが新曲の動画をアップするって予告してたのを思い出した。

それまであと一時間、何としても捕まるわけにはいかない。ずっと楽しみにしてたから。いまのあたしにとっては、てーくんだけが生き甲斐《がい》だから。

でも、どうやったらここから逃げられる？　返り血は、もともと着てきた服に着替えればいい。お会計は入るときに済ませてあるから大丈夫。顔を見られないためにマスクもしてきたから、人の目はごまかせるかもしれない。

問題は、このホテルをはじめ歌舞伎町の至るところに仕掛けられてる防犯カメラだった。それらに映ることなくここから逃げきるのは、透明人間にでもならない限り無理に決まってる。来るときはまだ、デパートで着替えと化粧をしたうえに、おっさんの傘で顔も隠れてたはずだからどうにかなるかもだけど、帰りはそうはいかない。

あたしはイヤホンを耳にはめたまま服を着替えると、ひとまず自分が触ったものの指紋を拭い始めた。肌が触れたシーツや掛け布団のカバーは、長い髪の毛を全部取って、まだお湯を抜いてなかった浴槽に浸《つ》けた。皮膚片や体液からでも、ＤＮＡを採取できるって聞いたことあったから。お湯を流して、排水口の髪の毛を取って、浴槽もシャワーで隅々まで洗った。

思いつく限りのことはやったけど、肝心の防犯カメラ対策は何もひらめかなかった。利用時間の二時間が迫っている。どうする。どうすればいい。てーくん助けて――。

強く祈った、その瞬間だった。

外でものすごい轟音《ごうおん》が鳴って、部屋の照明が消えた。それだけじゃない。いつも場違いに穏やかなBGMを流してるモニターも、ベッドの脇にある変な自動販売機のランプも全部、消えている。

部屋の窓には覆いがある。その覆いをずらして、窓の外にそっと顔を出した。

歌舞伎町一帯が、暗闇に包まれていた。街が、いつもとは違うざわめきで満たされている。

あたしは直感した――停電だ。さっきの雷で、街全体が停電に陥ったんだ。

全身が震える。こんな、こんなことって。いまならきっと、防犯カメラも作動していない。

てーくんの歌声がリフレインする。暗闇の中にいるから、光が見える。その光を目指して、暗闇から脱出するんだ。

あたしは指紋をつけないように注意しながら部屋を飛び出して、急いで非常階段を下りた。三階なのは幸いだった。ホテルを出ても外は真っ暗で、こんなにも息をしていない夜の東京は見たことがなかった。

ネットで調べた限り、停電になってるのは歌舞伎町を含めた新宿区の一部とのことだった。あたしは自分で持ってきたビニール傘を差して、新宿駅に向かって必死で足を動かした。人ごみに紛れればきっと、あたしだってことはわからない。

案の定、駅は大混雑で、あたしはそこで電車の運転の再開を待ってる風の女をしばらく演じた。それからタクシー乗り場に向かうと、大行列に並んで、おっさんの財布から抜いたお金でタクシー代を払って自宅に帰った。そのほうが、足取りがつかみにくそうだと思ったから。

家に着くころには日付が変わってて、あたしはもうくたくただった。ベッドに倒れ込んだところで、思い出す。そうだ、てーくんの新曲がもうアップされてるはず。寝る前に、それだけは聴かなきゃ。

スマホでXを開き、てーくんのアカウント、@taken_utaiteを見る。

ところが、期待に反しててーくんの新曲の動画はまだアップされてなかった。

おかしいな、と考えて、はっと思いつく。てーくん、たぶん歌舞伎町の近くに住んでるんだ。だから停電に巻き込まれて、動画をアップできなくなったんだ。

Xにはまだ何の声明も出てなかったけど、タイミング的にそうとしか考えられなかった。こんな地獄みたいな夜でも、てーくんのすぐ近くにいられたことは、あたしの胸を激しくときめかせた。
新曲が聴けないのは残念だったけど、新宿区の停電はすでに復旧していた。明日、目が覚めるころには動画がアップされているだろう。引きずり込まれるように、あたしは眠りに落ちていった。

だけど、次の日も。
その次の日も、そのまた次の日も。
てーくんの新曲の動画がアップされることはなかった。
だから、いまから首吊《つ》って死にまーす。みんな、バイバーイ。

お悩み相談ラジオ　降田天

人を殺してしまった。

――はい？

人を殺してしまった、んです。

――ええと、こちらは『お悩み相談ラジオ』ですが？

はい、ですからご相談しようと、あの、お電話させていただいたんですけど……。

――いや、あのね……まあ、とりあえず聞きましょうか。あらためまして、私は本日の回答者を務めます、医師で作家の寿々木《すずき》昭和《あきかず》です。えー、本日の相談者は、人を殺してしまった……ふふっ、失礼……という女性の方。まずはあなたの年齢と家族構成を教えてください。

六十九歳です。会社員の夫とふたり暮らしです。

――あなたはなにかお仕事されてます？

専業主婦です。結婚前は公務員で、子育てが落ち着いてからはパートを……。

――はい、けっこう。では相談内容について、詳しくうかがっていきましょう。人を殺したというのは、交通事故かなにか？

事故じゃなくて、殺したんです、わたしが。

――意図的な殺人だと？　それならあなた、ここじゃなくて警察に電話しないと。

あの、でも、先生に聞いてほしくて。

——はあ、それじゃまあ聞きましょう。だれを殺したんですか？

隣の住人です。父親と娘のふたり暮らしなんですけど、もうひとりの娘が近くに住んでるみたいで、よく自分の子どもふたりを連れて遊びに来てて。あ、同居してるのが上の娘で、子どもを連れてくるのが下の娘です。今日は父親はいなくて、娘ふたりと子どもふたりがいたので、その四人を。

——なんだかややこしいな。その一家は何歳くらいの人たち？

父親は六十五です。若作りで五十五、六に見えるんですけど。仕事の関係で二拠点生活？をしてるみたいで、めったに見かけません。娘たちはどっちも三十代半ばですかねえ。子どもは男の子の兄弟で、小学校中学年と低学年くらい？　はっきりとは知らないんですよ、なにせ越してきたときに挨拶にも来なかったもんですから、つきあいがなくて。そのときから嫌な予感というか、この人たちはちょっとふつうじゃないなって思ってたんですけど。

——お母さん、つまり父親の伴侶はいらっしゃらない？

見たことないです。

——あなたのおうちもお隣も、どっちも一戸建てどうしてですか？

まあ、そうですね。あっちは見るからに金持ちの豪邸で、同じ一戸建てと言ってもぜんぜん違いますけど。

——で、その一家となにかトラブルがあったんですか？

トラブルというか、嫌がらせ、ですね。嫌がらせをされてて。

——つまり一方的にってこと？

そうです、そう、一方的に。

——たとえばどんなこと？

料理のにおいなんですけどね、たまにすごくへんなにおいが漂ってくるんです。窓も開けられないし、外に干してある洗濯ものにも移っちゃって。どうにかしてくれないかって、お願いに行ったんですよ。そしたら上の娘が出てきて、スパイス料理だって、悪びれもせずに。どうせこんな料理なんか知らないでしょ、みたいな感じで。

——スパイスのにおいは私も苦手だから、まあわかりますよ。私が家にいるときは作らないでくれって言ってるくらいでね。でも嫌がらせというのはどうかな。あなたを苦しめるためにその料理を作るわけじゃないだろうし。

そう思ってこっちはしばらく我慢してたんですよ。それに文句じゃなくて丁寧にお願いしたんです。でも向こうはふてぶてしく笑って、わたしはいいにおいだと思いますけど、って。

——それはまあ、あなたは気分を害したんでしょうけど、スパイス料理を作ったこと自体は嫌がらせとは言えないでしょっていう話です。

だって本当にひどいにおいだったんですよ。それにあの態度。非常識な。

――いや、だからね……。

それから、砂利《じゃり》。

――砂利？

隣の庭先に敷いてあるのが、いつも道路に飛び出してるんですよ。わたしは買い物なんかは自転車で行くもんでね、踏んづけて転びそうになったりして何度も怖い思いをしたんです。それもやんわりと伝えたんですけど、すいません気をつけますなんてへらへら笑って言うだけで、ぜんぜん改めてくれなくて。

――砂利に関するご近所トラブルはけっこう聞きますね。音がうるさいとか。だからこそ防犯になるわけで、私の家でも敷いてますけど。ただこれも、隣人がわざとあなたの通り道に砂利を撒《ま》いてるわけじゃないでしょう？

まだあるんです。これがいちばん許せないことなんですけどね、下の娘の子どもらがうちの庭を荒らすんですよ。うちと隣のあいだには細い道路があって、そこでその子たちが遊ぶんです。ボールを塀にぶつけたりスケボーみたいなのに乗ったり、それはもうやかましくて。それだけでも迷惑なのに、あるときボールが塀を越えてうちの庭に飛びこんできて、わたしが大事にしてた花壇の花が折れちゃったんですよね。

――子ども関係はこれまたご近所トラブルの定番ですけどねえ。

あの子らはうちの門から堂々と庭に侵入してボールを取って帰ったんです。わたしが家のなかから見てたのに気づかずに。それも一回だけのことじゃないんですよ。なにが楽しいのかときどき庭に入りこんで、花壇を荒らしたり、あげくの果てに庭木や塀におしっこをしたりするようになって。

――ああ、それは子どもたちがよくないね。そのこともお隣に言いに行った？

はい。隣を見張っていて、下の娘が来ているときに行きました。ただこのときはわたしものすごく腹が立ってたもんですから、ついけんか腰になってしまって。

――どんなふうに？

まず対応に出てきた上の娘に向かって、あの子らの親を出しなさい、とかそんなふうに怒鳴ったと思います。それで子どもの母親、下の娘が出てきたんですけど、ちっとも申し訳なさそうじゃないんです。まるでわたしのほうが困った人みたいな扱いで。それでわたしもますますかっとなってしまって……今度同じことがあったら、うちの花みたいにあんたの子の首を折ってやる、みたいなことを、

――言ったんですか？　それは逆に相手のほうに通報されかねないですよ。

ええ、そう言われました、下の娘に。完全にこっちが異常者あつかいです。でもおかしいと思うんですよ、悪いのは向こうなのに。こっちこそ訴えてやるって言い返したら、上の娘がしたり顔で仲裁に入ってきました。子どものしたことだし悪気があっ

たわけじゃないんだから、いがみあうのはよしましょうよ、ですって。子どもは地域で育てるものでしょう、って。笑いながら。お父さんが社会的地位のある人だから、自分はなにをしても許されるとでも思ってるんじゃないですか。

――うーん、どっちもどっちだな。それであなたはどうしました？

もう、もう、絶望ですよ。いくら話したって無駄、この人たちがまともになることはぜったいにないんだってわかりました。だからすぐに自宅へ戻って、鎌をつかんで取って返したんです。いつも庭で使ってる草刈り鎌。それでまた隣を訪ねて、ドアを開けた上の娘を、ぐさっと。

――ぐさっと。

そのまま押し入って、リビングにいた下の娘と子どもたちも。

――ぐさっと。ははは、なるほど、そうやってあなたは四人を殺してしまったと。それでご相談は、これからどうしたらいいかということですか？

うーん……ええ、はい、そういうことになりますかね。

――回答はシンプルです。とりあえずかかりつけの病院でいいから行って、人を殺してしまったと医師に相談しなさい。はっきり言うけど、あなたのそれは妄想です。え、でも、実際にいま足元に死体があるんですよ。わたしの手も足も血まみれで。

――幻覚ですよ。失礼ですがあなたみたいなおばあさんが、草刈り鎌なんかで自分より若い人を四人も殺せるもんですか。私からあなたにアドバイスしてあげたいのは、人から嫌なことを言われたりされたりしたとき、怒らないということ。私の著書『損して得とれ　怒ったら負け』にも書いたことだけどね、そういうときは「あ、そう」と受け流して相手にしないことです。合わない人間はどうしたっているんだから、いちいち相手にしてたら消耗するだけ。むしろ嫌な相手には笑顔で接する、けれど深く関わりはしない、くらいの接し方がベストだね。私の妻や娘もやっかまれて言いがかりをつけられたりすることがあるらしいけど、私の教えを実践するように勧めてるんですよ。

え、奥さん⁉

——どうかしました？

先生、奥さんがいるんですか？　見たことないですけど。

——はい？

じゃあもしかしてここに転がってる女は、上の娘じゃなくて若い奥さん？

——ちょっとあんた、いったいなにを……。

ネットでプロフィール見ましたけど、寿々木先生は六十五歳なんですよね。こんな若い後妻をもらってたなんてまあ。後妻と娘が仲よくしてるって、さぞ理想的な生活でしょうね。都心の仕事場のほかにこんな立派な家があって、この黒いソファなんか雲に腰かけてるみたい。ご自分の著書をずらっと並べてねえ。絨毯《じゅうたん》も絵もいいものなんでしょうに、こんなに汚しちゃってもったいなかったわね。あら、壁にシールを貼って剝《は》がした跡が。お孫さんのいたずらかしら。そうそう、全員を草刈り鎌で殺したんじゃないんです。台所に切れ味のよさそうなぴかぴかの包丁がたくさんあったので、娘さんとお孫さんにはそっちを使いました。わたし、結婚前は警察官だったので、そういった方面には少々心得が。

——智美《ともみ》ッ！　友里加《ゆりか》ッ⁉　くそっ、私の家族になにをした！

あの、だから最初から言ってるじゃないですか、人を殺したって。まったくご存じない様子で聞いてらしたけど、この人たちは先生に相談しなかったの？　相談したけど先生がいいかげんに聞き流してたのかしら。

——隼斗《はやと》、唯斗《ゆうと》……。

それで先生、わたしはこれからどうしたらいいでしょうか。

本書は書き下ろしです。
収録作品はフィクションです。作中に同一の名称があった場合でも、
実在する人物・団体等とは一切関係ありません。

執筆者プロフィール一覧 ※五十音順

秋尾秋（あきお・あき）

一九八七年生まれ。茨城県在住。第二十回『このミステリーがすごい！』大賞・隠し玉として、二〇二二年に『彼女は二度、殺される』（宝島社）でデビュー。

浅瀬明（あさせ・あきら）

一九八七年生まれ。東京都出身。日本大学理工学部建築学科卒業。現在は書店員。第二十二回『このミステリーがすごい！』大賞・文庫グランプリを受賞し、二〇二四年に『卒業のための犯罪プラン』でデビュー。

上田春雨（うえだ・はるさめ）

一九八六年、北海道生まれ。筑波大学社会学類卒業。現在は記者として新聞社に勤務。第二十二回『このミステリーがすごい！』大賞・隠し玉として二〇二四年に『呪詛を受信しました』でデビュー。

歌田年（うただ・とし）

一九六三年、東京都八王子市生まれ。明治大学文学部文学科卒業。出版社勤務を経てフリーの編集者、造形家。第十八回『このミステリーがすごい！』大賞・大賞を受賞し、二〇二〇年に『紙鑑定士の事件ファイル　模型の家の殺人』でデビュー。他の著書に『紙鑑定士の事件ファイル　偽りの刃の断罪』『紙鑑定士の事件ファイル　紙とクイズと密室と』（以上、宝島社）がある。

岡崎琢磨（おかざき・たくま）

一九八六年、福岡県生まれ。京都大学法学部卒業。第十回『このミステリーがすごい！』大賞・隠し玉として、『珈琲店タレーランの事件簿　また会えたなら、あなたの淹れた珈琲を』（宝島社）で二〇一二年デビュー。同書は二〇一三年、第一回京都本大賞に選ばれた。同シリーズのほか、著書に『夏を取り戻す』（東京創元社）、『貴方のために綴る18の物語』（祥伝社）、『Butterfly World 最後の六日間』（双葉社）、『下北沢インディーズ　ライブハウスの名探偵』（実業之日本社）、『鏡の国』（PHP研究所）などがある。

おぎぬまX（おぎぬまえっくす）

一九八八年、東京都生まれ。元お笑い芸人。ギャグ漫画家として二〇一九年に『だるまさんがころんだ時空伝』で第九十一回赤塚賞入選。二〇二一年には「ジャンプSQ.」にて『謎尾解美の爆裂推理!!』を連載。また、ジャンプ小説新人賞二〇一九・小説フリー部門にて銀賞を受賞し、二〇二〇年に『地下芸人』（集英社）で小説家デビュー。二〇二三年、第二十一回『このミステリーがすごい！』大賞・隠し玉として『爆ぜる怪人　殺人鬼はご当地ヒーロー』

（宝島社）を刊行。他の著書に『キン肉マン　四次元殺法殺人事件』、『キン肉マン　悪魔超人熱海旅行殺人事件』（集英社）がある。

海堂尊（かいどう・たける）

一九六一年、千葉県生まれ。千葉大学医学部卒、千葉大学大学院医学研究科博士課程修了。外科医、病理医を経て、第四回『このミステリーがすごい！』大賞・大賞を受賞し、二〇〇六年に『チーム・バチスタの栄光』（宝島社）で作家デビュー。「桜宮サーガ」と呼ばれる同シリーズは三十三作、累計発行部数一〇〇〇万部を超える。他の著書に、「ポーラースター」シリーズ、『奏鳴曲　北里と鷗外』（以上、文藝春秋）など。最新刊は『ひかりの剣１９８８』（講談社）。ノンフィクションではオートプシー・イメージング（Ai＝死亡時画像診断）の社会導入を目指した『死因不明社会』『ゴーゴーAi』（以上、講談社）などがある。

伽古屋圭市（かこや・けいいち）

一九七二年、大阪府生まれ。第八回『このミステリーがすごい！』大賞・優秀賞を受賞し、二〇一〇年に『パチプロ・コード』（文庫化に際し『パチンコと暗号の追跡ゲーム』に改題）でデビュー。他の著書に『21面相の暗号』『幻影館へようこそ　推理バトル・ロワイアル』『帝都探偵　謎解け乙女』『なないろ金平糖　いろりの事件帖』（以上、宝島社）、「かすがい食堂」シリーズ（小学館）、『猫目荘のまかないごはん』（ＫＡＤＯＫＡＷＡ）、「クロワッサン学習塾」シリーズ（文藝春秋）などがある。

柏木伸介（かしわぎ・しんすけ）

一九六九年、愛媛県生まれ。横浜国立大学教育学部卒業。第十五回『このミステリーがすごい！』大賞・優秀賞を受賞し、二〇一七年に『県警外事課　クルス機関』でデビュー。他の著書に『起爆都市　県警外事課クルス機関』『スパイに死を　県警外事課クルス機関』（以上、宝島社）、「警部補　剣崎恭弥」シリーズ（祥伝社）、『ロミオとサイコ　県警本部捜査第二課』（ＫＡＤＯＫＡＷＡ）、『革命の血』（小学館）などがある。

貴戸湊太（きど・そうた）

一九八九年、兵庫県生まれ。神戸大学文学部卒業。第十八回『このミステリーがすごい！』大賞・Ｕ－ＮＥＸＴ・カンテレ賞を受賞し、二〇二〇年に『そして、ユリコは一人になった』でデビュー。他の著書に『認知心理検察官の捜査ファイル　検事執務室には嘘発見器が住んでいる』『認知心理検察官の捜査ファイル　名前のない被疑者』（以上、宝島社）がある。

桐山徹也（きりやま・てつや）

一九七一年生まれ。埼玉県出身。日本大学藝術学部文芸学科卒業。第十五回『このミステリーがすごい！』大賞・隠し玉として、二〇一七年に『愚者のスプーンは曲がる』でデビュー。他の著書に『ループ・ループ・ループ』（以上、宝島社）がある。

くろきすがや

菅谷淳夫と那藤功一の二人による作家ユニット。第十六回『このミステリーがすごい！』大賞・優秀賞を受賞し、二〇一八年に『感染領域』でデビュー。他の著書に『ラストスタンド　感染領域』。また、那藤功一名義での単著として『バイオハッカーQの追跡』（文庫化に際し『分子生物学者Qの考察　ご依頼はプライベートラボまで』に改題、宝島社）がある。

小西マサテル（こにし・まさてる）

香川県高松市出身、東京都在住。明治大学在学中より放送作家として活躍。第二十一回『このミステリーがすごい！』大賞・大賞を受賞し、二〇二三年に『名探偵のままでいて』（宝島社）でデビュー。現在、『ナインティナインのオールナイトニッポン』『徳光和夫　とくモリ！歌謡サタデー』『笑福亭鶴光のオールナイトニッポンTV』『明石家さんま　オールニッポンお願い！リクエスト』や単独ライブ『南原清隆のつれづれ発表会』などのメイン構成を担当。他の著書に『名探偵じゃなくても』（宝島社）など。

佐藤青南（さとう・せいなん）

一九七五年、長崎県生まれ。第九回『このミステリーがすごい！』大賞・優秀賞を受賞し、『ある少女にまつわる殺人の告白』にて二〇一一年デビュー。他の著書に「消防女子!!」シリーズ、「行動心理捜査官・楯岡絵麻」シリーズ、『嘘つきは殺人鬼の始まり　SNS採用調査員の事件ファイル』（以上、宝島社）、「お電話かわりました名探偵です」シリーズ（KADOKAWA）、「ストラングラー」シリーズ（角川春樹事務所）、「白バイガール」シリーズ、『犬を盗む』『億円の犬』（以上、実業之日本社）、「絶対音感刑事・鳴海桜子」シリーズ（中央公論新社）などがある。

志駕晃（しが・あきら）

一九六三年生まれ。明治大学商学部卒業。第十五回『このミステリーがすごい！』大賞・隠し玉として、二〇一七年に『スマホを落としただけなのに』（宝島社）でデビュー。同作はシリーズ化され、四作で累計一〇〇万部を超える。他の著書に『たとえ世界を敵に回しても』（ＫＡＤＯＫＡＷＡ）、『そしてあなたも騙される』（幻冬舎）、『まだ出会っていないだけ』（中央公論新社）、『彼女のスマホがつながらない』（小学館）、『令和　人間椅子』（文藝春秋）などがある。

新藤元気（しんどう・げんき）

一九九三年、愛知県生まれ。筑波大学大学院数理物質科学研究科修了後、科学捜査研究所に入所。現在は半導体メーカーに勤務。第二十二回『このミステリーがすごい！』大賞・隠し玉として二〇二四年に『科捜研・久龍小春の鑑定ファイル　小さな数学者と秘密の鍵』でデビュー。

高野結史（たかの・ゆうし）

一九七九年、北海道生まれ。宇都宮大学卒業。第十九回『このミステリーがすごい！』大賞・隠し玉として、二〇二一年に『臨床法医学者・真壁天　秘密基地の首吊り死体』でデビュー。他の著書に『満天キャンプの謎解きツアー　かつてのトム・ソーヤたちへ』『奇岩館の殺人』（以上、宝島社）がある。

塔山郁（とうやま・かおる）

一九六二年、千葉県生まれ。第七回『このミステリーがすごい！』大賞・優秀賞を受賞し、『毒殺魔の教室』にて二〇〇九年デビュー。他の著書に『悪霊の棲む部屋』『ターニング・ポイント』『人喰いの家』『F 霊能捜査官・橘川七海』「薬剤師・毒島花織の名推理」シリーズ、『「舌」は口ほどにものを言う　漢方薬局てんぐさ堂の事件簿』（すべて宝島社）がある。

中山七里（なかやま・しちり）

一九六一年、岐阜県生まれ。『さよならドビュッシー』にて第八回『このミステリーがすごい！』大賞・大賞を受賞し二〇一〇年デビュー。他の著書に『おやすみラフマニノフ』『さよならドビュッシー前奏曲　要介護探偵の事件簿』『いつまでもショパン』『どこかでベートーヴェン』『もういちどベートーヴェン』『合唱　岬洋介の帰還』『おわかれはモーツァルト』『いまこそガーシュウィン』『連続殺人鬼カエル男』『連続殺人鬼カエル男ふたたび』『総理にされた男』『護られなかった者たちへ』『境界線』（以上、宝島社）、他の著書に「御子柴礼司」シリーズ（講談社）、「刑事犬養隼人」シリーズ（KADOKAWA）、「毒島刑事」シリーズ（幻冬舎）、「能面検事」シリーズ（光文社）、「ヒポクラテスの誓い」シリーズ（祥伝社）、「嗤う淑女」シリーズ（実業之日本社）など多数。

柊サナカ（ひいらぎ・さなか）

一九七四年、香川県生まれ。第十一回『このミステリーがすごい！』大賞・隠し玉として『婚活島戦記』で二〇一三年デビュー。他の著書に『人生写真館の奇跡』『古着屋・黒猫亭のつれづれ着物事件帖』『一駅一話！ 山手線全30駅のショートミステリー』『3分で読める！ミステリー殺人事件』『谷中レトロカメラ店の謎日和』シリーズ（以上、宝島社）、「機械式時計王子」シリーズ（角川春樹事務所）、「二丁目のガンスミス」シリーズ（ホビージャパン）、「天国からの宅配便」シリーズ（双葉社）、『お銀ちゃんの明治舶来たべもの帖』（PHP研究所）、『ひまわり公民館よろず相談所』（KADOKAWA）などがある。

降田天（ふるた・てん）

鮎川颯（あゆかわ・そう）と萩野瑛（はぎの・えい）の二人からなる作家ユニット。第十三回『このミステリーがすごい！』大賞・大賞を受賞し、『女王はかえらない』で二〇一五年にデビュー。他の著書に『匿名交叉』（文庫化に際して『彼女はもどらない』に改題）、『すみれ屋敷の罪人』（以上、宝島社）、『偽りの春 神倉駅前交番 狩野雷太の推理』（KADOKAWA、表題作「偽りの春」で第七十一回日本推理作家協会賞短編部門を受賞）、『さんず』（小学館）、『事件は終わった』（集英社）、『少女マクベス』（双葉社）などがある。

堀内公太郎（ほりうち・こうたろう）

一九七二年生まれ、三重県出身。早稲田大学政治経済学部卒業。『公開処刑人 森のくまさん』にて第十回『このミステリーがすごい！』大賞・隠し玉として二〇一二年にデビュー。他の著書に『公開処刑板 鬼女まつり』『だるまさんが転んだら』『公開処刑人森のくまさん―お嬢さん、お逃げなさい―』『既読スルーは死をまねく』(以上、宝島社)、『ご一緒にポテトはいかがですか』殺人事件』(幻冬舎)、「スクールカースト殺人教室」シリーズ(新潮社)、『タイトルはそこにある』(東京創元社)がある。

三日市零(みっかいち・れい)

一九八七年、福岡県出身、埼玉県在住。慶應義塾大学卒業。第二十一回『このミステリーがすごい!』大賞・隠し玉として、二〇二三年に『復讐は合法的に』でデビュー。他の著書に『復讐は芸術的に』(以上、宝島社)がある。

美原さつき(みはら・さつき)

一九八六年生まれ。大阪府大阪市出身。滋賀県立大学・滋賀県立大学大学院では環境動態学を専攻。第二十一回『このミステリーがすごい!』大賞・文庫グランプリを受賞し、二〇二三年に『禁断領域　イックンジュッキの棲む森』(宝島社)でデビュー。

宮ヶ瀬水(みやがせ・すい)

一九九一年生まれ。茨城県出身。立教大学法学部卒業。第十六回『このミステリーがすごい!』大賞・隠し玉として、二〇一八年に『三度目の少女』でデビュー。他の著書に『推理小説のようにはいかないミュージック・クルーズの殺人』『横浜・山手図書館の書籍修復師は謎を読む』(以上、宝島社)がある。

宝島社
文庫

3分で読める！ 人を殺してしまった話
（さんぷんでよめる！ ひとをころしてしまったはなし）

2024年9月18日　第1刷発行

編　者　『このミステリーがすごい！』編集部
発行人　関川誠
発行所　株式会社 宝島社
〒102-8388　東京都千代田区一番町25番地
電話：営業 03(3234)4621／編集 03(3239)0599
https://tkj.jp
印刷・製本　中央精版印刷株式会社

ISBN 978-4-299-05824-9

作家、ミュージシャン、芸人ら各界の豪華執筆陣が“恐”演！
5分で読める！
ぞぞぞっとする
怖いはなし
23 SCARY STORIES
『このミステリーがすごい！』編集部 編
宝島社文庫
澤村伊智
林由美子
平山夢明
乾緑郎
シークエンスはやとも
角由紀子
11月のリサ・まむ
岡崎琢磨
柊サナカ
城山真一
岩井志麻子
新名智
降田天
原昌和
真梨幸子
定価 730円（税込）
イラスト／しらたき
宝島社
お求めは書店で。
宝島社
検索